这是世界的哪里

田暖／著

中国青年出版社

田暖 本名田晓琳。生于山东临沂，现居济宁。中国作家协会会员。曾参加诗刊社第29届青春诗会。著有诗集《如果暖》、诗剧《隐身人的小剧场》、诗合集《我们的美人时代》《诗歌组》《海边》。曾获中国第4届红高粱诗歌奖、中国第2届网络文学大奖赛诗歌奖、2014年度齐鲁文学作品年展最佳作品奖、乔羽文艺奖文学创作奖等，山东省第3批“齐鲁文化之星”。

目录

第一辑 生死课程

第二辑 永恒的幻像

第一辑

生死课程

我们仅隔着一面镜子

事实上，我们正美妙地发生着某种关系
洗浴时，我看到你就在我对面

身上披着一层水雾，在雾气弥漫里
我看不清你——而我找你那么久了
你若隐若现，投身在一面镜子里

但我知道，你有悲天悯人的心肠
上帝的身份，上帝的面庞
上帝的痴情，魔障般的征程

我们隔着十万里雾霭，但我知道你就在我面前
当我伸手去擦镜子里的你，多么神奇呵
你脸上的雾气，瞬间即化成了泪痕

这些因爱而呼之即出的珍珠，滚落着
滚落出镜子。你一定也读懂了我这颗滚烫的心
一场辽阔的爱，让我们无限接近
无限接近于一种真理，一种传说

情到动人处，我伸出双臂去拥抱你
而你却消失了——雾气消失了，珠泪消失了

现在只剩下一个我，只剩下一个人

在饱经洗礼之后，在无限阔大的水银镜面上
像一朵出水莲，或者像一万朵出水莲中的一朵
直到我也消失了
只有无限涟漪，无限寂静
在一个无限良美的世界，旋动一扇神秘之门

生死课程

小时候我常常趴在坟坡上
拔那些又鲜又高的草，这是羊们的美食
直到有一天母亲告诉我
这些草如此繁茂的秘密，从此我开始恐惧
大地上这些草绿色的乳房
仿佛来自另一种令人叫喊的力量
那个黄昏，我看到父亲站在平房顶上
一铲铲把麦子堆得像他刚埋了
死于鼠疫的姑夫的那种形状
也许是突然的心悸，他那么迫不及待将它铲开
又堆成一座屋脊一样的环形山，绵延着
死撑着，慢慢降落下来的黑夜
之后，他长久地瘫坐在星空之下
直到冬天，父亲才像刚学会走路的孩子
从同样的病患中逃生
但大奶奶、五婶和三嫂都没有逃过那瓶敌敌畏
磨沟里能推醒二更鸡的
我奶奶也一饮而尽，用一辈子配制的砒霜和酒的
生活
接着是我姥姥、爷爷、大爷、大娘、大舅
还有年纪轻轻的表姐夫，他们的一生
都是在非命或恶疾里，一天天走向死的

我们并不像上天那样完整，亲爱的人
我知道你今天正在鉴定
另一支玫瑰的消亡，而我坐在这里
除了写一首尚无结案的诗
只有坟上的青草，还在风里鲜茂如初地摇

黑镜框里住着一位熟悉的陌生人

一张转过来的脸，我依然只看到一半
另一半，隐入黑暗之中
而眸光如鹰隼，仿佛要嵌入历史
她渐渐消失在我们中间
没有弄出一点声响
仿佛只是用腹语来暗示
救赎或摧毁，与我们秘密地较量
我看着她水波样的额头
一条河拥挤在漩涡里
沿着褶皱渐入落日，她走得非常干净
仿佛她从来都没有来过这里
也仿佛从来都没有过她
更没有我们，为她纵情
也没有她，拉过我们的手
只留下一个黑洞，镌刻在心脏
供日夜承受和忍耐，供我们日夜
只愿忘记，却一次次经历
天空依然宽阔地收纳着落日
并用光芒送出流星的情意

剖蚌取珠

她一点儿都不含糊，一双细白的手
从盆里捞起一只只黑蝶贝，扔在地上
然后抬起右脚，用力一碾……再一碾

瞬间，一颗颗亮灿灿的珍珠光照着夜市
源源不绝从卖珠人的手里
交到上帝手心，就这样一手交钱，一手交货
这么天经地义

似乎我们都已经忘了，就说这小小的黑蝶贝吧
——给它水，给它沙子
给它源源不绝的爱，再手起脚落给它无情的背叛
而它却亮给你珍珠，它向你交出了毕生的珠泪

——事实上我们交换的，也许只是
生命的悲愤，灵魂的珠玑

然而更多时候，除了珠子和珠子一样的东西
似乎我们什么都看不见，什么也不愿意看了

流金岁月

谁会像丰四那样，抱着圆滚滚的西瓜
像抱着一个人，想都没想就跳了河

西瓜像稻草浮上水面，他却沉进了水底
喊都没喊一声，沙沙嘶叫的是一柄小刀

刀落的瞬间，又鲜又甜的汁液汇成一条小河
“两毛钱一斤”，这甜蜜的贱货成了赔命的买卖

我吃得眼跳心疼，接过父亲递给我的西瓜时
天已黑透了，直到下半夜他才浇完最后一块瓜地

再穿过远处的那片油桃园，天就放亮了
云彩下，那些熟透的桃子像娇艳欲滴的弃妇

有的烂在了树上，有的丢进了草丛
还有一些像丰四的女人，瘫软着倒进了河里

星星草

梦到大水，梦到大水冲了龙王庙
梦到绵羊，绵羊脱了缰绳

醒来，惊坐
抽刀
断水
都没有阻止那场突来的横祸
除了痛哭流涕，除了一屁股抵命的债
就是天作屋顶
她蜷缩在马路牙上，抱着她的孩子
一夜又一夜
数天上闪烁不定的星星
数一片曙光诞生的黎明

咔嚓……咔、嚓

你不曾在意却又那么势不可挡，它轻轻
就将你吞下了半生

这幸福的火车，这甜蜜的冰裂
这物质的房子和车子，这半生积劳和坎坷
鲜花与巧克力——这尚未完成的箜篌

突作崩弦，“咔、嚓”，就是半生
悲哀的碎银——在浑然不觉的撞折之后
痛可以一剑封喉，却挽不起魂飞魄散的流星

——死神啊，咬定了你
没有一个美好恒久的词能够阻止
一场飞来横祸，一场命定的空无
没有一辆火车，没有一辆固若金汤的坦克
能够避让——但人生

每一天都在加长，咔嚓咔嚓……
它依旧轻柔地推搡着你的肩
百草和百神栖居的你呀，必将典当出另半生
来复活这半生的死去，只要你还活着

纸杯

它代替最后一只破碎的玻璃杯子
延续维持着我，日复一日活下去的水分

纸质的杯具，满溢着诗行一样的
慈悲、痛楚、爱和良善
缓缓注入我的身体，洗涤着心跳，声音
丰饶，那些暗香浮动的黄昏

但纸质的杯底，却缓缓泄露了一个世界
那些水一样，已被命名
和尚未命名的流体，在光阴之外
那些因消逝，而获得的美

在塑造与毁灭之间，纸杯构成了水的面具

而红荷一样婷立的事物，正从杯体的壁画上
探出无限辽阔，仿佛耸向高天的教堂

但我知道烂泥的生活，它依旧沉在低微处
垂怜般发酵着
死去的骨髓、泥沙和浮沫，作为另一种滋养
我的嘴唇正缓缓啜入杯底

逃遁之诗

逃出爱情，逃回故乡
一条河多么清澈、安宁，它安抚着
支离破碎的骨头，却抚不平自身的波澜

逃出阴影，逃进虚构的远方
沉默，吃光了梦的光泽，失重的脚步
依然平衡不了，压弯的地平线

逃出欲望，逃进医院
除掉无常的胚芽和那些装死的利齿
柔软的波心，并不能挽救人群那坚硬的群山

逃出关山，逃进一首诗里
这发光的颗粒，仿佛苦行僧的宗教
正用千军万马调配灵魂的亮度

而当灵魂出窍，逃出肉身
亲人啊，即使遗世逃名老，残山剩水身
那些哀伤与欢喜，归去来兮
依旧顺应着逃不脱的轨道，在殊途同归

白日梦或步态舞

忙到月落乌啼，颈椎病在眼前
又镀上了一层迷粉，眩晕和干呕
像忍不住的妊娠反应，为了生下一枚鸟蛋
今夜我提着泪光，跌坐空山

在这里，车前草一万次从轮毂里抬起头来
当然还会有第十万次，把它摁进命里
云朵就要离开这里了，它曾伪装成公主和上帝
现在它是乌鸦的翅膀，白头翁头顶衰弱的翎毛

——当然这些都是我的臆想，但我敢肯定
我的魂魄正变幻着它们的象形
风正变幻着我，世界滚动着一粒小小的雪球
我早就不是我了

但在大海面前
我汹涌，这不过是一个人的汹涌
我悲伤，也不过是海浪和尖峰之间一面破碎的镜子
贝壳在吞吐着泥沙，鸟儿自会啄破壳子

但我还是希望能够逃离
这令人弱视的薄雾，这无知，这悲哀

这生死疲劳的惯性

当奴役成了生活唯一的法律
活着，就是一场至死的缓刑
但多么令人销魂，白日梦诱惑着一个人的步态舞
无论在这里还是在那里，无论这样或者那样

命运之诗

仿佛一个执拗的女人，或一部严酷的法典
它开不得半点玩笑，却放浪形骸
玩弄你于股掌
令你欲死，欲活，散发着身不由己的香味
这桃花般的精灵，它在引诱你
还是让你情不自禁步入了它的漩涡？
它那么饥肠辘辘却独自钟情于你
它紧紧搂住了你的脖子
爱你，噬你
要置你于死地
要放你一马？
仿佛蹑手蹑脚的猫，性感地松动着你
除了用九死一生，来呼应它的恩典
还能用什么来比拟这最高的冠冕
它成了你额头最亮的明珠
散发着神秘的光环，它诡笑着
从你的内部迈动猫步，仿佛燃烧的氢气球
飞在空中，在你必经的每一个瞬间
那么鲜艳，又充满了危险
除了给你通体的光华
还会趁你最不经意时，向你出动致命的一击
除此，它就是空无——在锤打金黄的空气

细雪

怎么都遮不住，即使遮住了
也会卷土重来，它们总是混杂着时光
仿佛不可遏制的浪潮，银亮的簪子
那么悄无声息，若隐若现
就别在了头上，摊在月亮睡去的夜晚
比月光还白还长，比银针还细
炙人地吞噬着睡眠
我用手轻轻拢过它们，一遍又一遍梳理着
这些凋敝的丝瀑，即使保真养晦
它们依旧如刺眼的光芒，一味地白着
那么杂乱，缠绕着内心的屈辱和露水
它们也曾和我的青春一起黑过
那种黑，远不是路途
突然降临的盛大黑暗
它们一丝一缕，一丛一簇，舍利子一样生发
在命运深处，在荒芜的头顶
倾倒过美人，倾倒过城池
却没有倾倒危险的风声，未来的墓碑
它们驻扎在一面镜子里
在一些简单，却举步艰难的时日
一日日，被映照成细雪
飞扬着，赶来爱我，蚀骨

蓝焰

我知道你心脏的砧台上正烙着一块
刀形的生铁
它沉重、忐忑，持久地占据着你
它每翻滚一下
都会灼起一片尖叫的花
真像那场猝不及防的劫难
你逃避不了
你躲藏不了
你不得不用心跳迎承着，一下一下
你锤打它，就是要反击它
你举起它，就是想融化它
但一下比一下更加艰难
一下比一下更卓绝有力
是的，不是你被它消灭
就是它要被你消化
在通向梦幻的沟壑里，千顷幽蓝的火苗
擎着血红的舌头舔舐着奔跑的人群、莽野
就是为了让我们像泉水一样重新翻涌
每一个自己，都是一道新生的光电
在淬火的排浪里，生命的
每一次重塑，都是用苦痛和悲怆在较量的
那块生铁

在锻打一场烟雾，那雾中包藏的火焰
过去我把它叫做生铁
现在我叫它蓝焰，并给它插上一双鸟的翅膀

认识夜晚

黑暗终不曾饶恕我们，每一天
我的手上缠着一张不断翻新的网

就像今夜，我和女儿正玩的翻线游戏
而光线微弱，织进无法被结痂的事件中心

除了静坐这里，解一场刚刚缔造的死
结。日子弯曲着，还得一天天穿肠而过

命运为我们布道了纠缠不清的官司
我随时准备以死理赔，每个出乎意料的今天

在时间预设的判决尚未到来之前
静美穿着虚构的睡袍，忐忑、疲惫和惶恐侵袭了

生活最常态的活着。而我却听到了
多么奇异的声音，黑暗里吱吱的叫声——

来自笼中，我们豢养的狡兔，作为人类的
玩物，仿佛来自另一个自己，另一些

抗体，作为生存的证据

我和它红红的眼睛茫然对视着，恍惚划过

一道红宝石的光芒，旋即凝成琥珀滚进无边夜晚
“你把黑夜深深吸进自己眼瞳”（傅天琳语）

一直都在诞生

有什么能阻止得了，昨日的桃子
生长，成垃圾
一样被抛进垃圾场
这能算得了什么，即便我们殊途同归
能说出的事儿就算不上事儿
能说出的痛苦其实也算不上痛苦
但谁能说出，就像你
仿佛一个躺着中枪的孩子在意外的风暴里
清理那些灾难的碎片
亲自埋掉自己的幸福
你不得不
像灰烬一样，吞下沉默
像道路一样，阅读着悲剧，从每一天
绵延着诞生
这魔鬼的香水，祭坛的孩子……
一直都在忙着诞生

不过还好

不过还好——你还给了我
美、良善、宽容，大海和天空
幽深的蓝，虽然你带给我突如其来的劫难

但你还给了我完整的手掌、云端的大脑
我还能足够有力地活着，去爱
你赐赠的账单、煎熬，被伤害的花瓣和盐粒

但你还给了我微光荡漾的星辰，青杏味的幸福
我还眼睁睁地醒着
即便你给了我疼痛，没有火星的孤灯

但你还给了我一个人间的天使，相依为命的天堂
我这么意外地活着，多像温暖而柔情的诗章
虽然你一刻不停地亮着刀子，闪电，冷霜和嘲弄

但我凝神时就听到了你的心跳，沿着波澜起伏的血液
我一路摸到了你的额头，苍天
你不厌其烦恩赐给每一个人，沧海桑田的命运

而这一切，也终将被你抹平——
并被我原谅。我们终将返回一朵花里
枕着巨大的寂静，葆有多么一致的呼吸

父亲的井

秋天的午后，他一丝不苟
缠卷好水管，用衣角擦净电机上的泥巴
他的长臂小心翼翼
再一次把它们挂在水井的壁坎上
是的，他正把它们深藏在井里
虔诚得像完成一种古老的仪式
在鸟啼虫鸣的细响深处
偶尔，我也会听到那些突然掉落到井底的
石头或泥块的回声
那些因突然失手而坠落的命运
从看不见的深处，发出尖锐的脆响
此时大地上正翻滚着枯黄的秋风
这让我更加担心
他一天比一天老了，双手也不由自主地颤抖
但他还是很快从井口盖好石板
再从石板上压上石头
他不厌其烦给这张钟摆的面孔装上隐秘的动力
的确，当一个人的源泉被管状的吸力
源源不断地提起，又不断地被坠落
在不断往回的可能里
只有源源不断的水，合奏着悲欢的叹咏
盎然流淌在困乏之中，从父亲的果园和田间
窸窣闪动着，丰润的回声

算命

“三十八岁。大厄。命犯黄泉”
被抽中的人几乎号啕起来，他拉着我
天空倒悬，掉下一个个世界
几十年来，他说只有一次他的命是被瞎子算中的

但今天我想去找那个瞎子算算
一个无法破解，无可救赎的影子
摇晃得比达利用笔弯折的时间还要扭曲
一个被意外风暴砸中的人
除了去死，就剩下信命的份了

瞎子门前影影绰绰：罹患绝症的，败走麦城的
追讨的，潜逃的，无后的
那么多忙着生忙着死的人，影影绰绰
一个人的悲伤就像一口唾沫。父亲说
算命都是骗人的把戏

你看瞎子也没逃过死。现在他的徒子徒孙
用纸牌、八卦和易经在电脑里胡乱拼贴着
命的生辰、斤两、颜色、气味
锁命的绳索，消灾解难的咒符

为此我差点就毁掉了余生——
在那些忐忑惊魂的白夜，在沉进烂泥的夜里
一个人紧抱着已经蹿出来的狂雪
在城南灌木丛里，一朵迎春花颤巍巍地就要开了

手心里的盐

我踮着脚从窗台高高的盐罐取盐的时候
每次，母亲都会吩咐：盐要放在勺里
那些千万不能攥在手心里的盐
——为什么母亲每次取盐
都攥在手里，再均匀地洒在锅里
有滋有味的饭菜，一次次热腾腾俘获了我们
但有一次，我忍不住偷偷
将那些月光一样皎洁，砂糖一样细软的晶体
攥在手里，母亲却惊慌失措地为我拍掉
但已经来不及了——
二妮溺水夭亡的消息在村里炸开了锅
那天我看到她赤身裸体地趴在那口大黑锅上
嘴里河水倒流，更让我呜咽的——
她的手里也紧攥着一种东西，就像我的
白色噩耗总会在起火的风里，时断时续地传来
那些曾偷偷和我一样用手攥盐的孩子们
许多年来，我都以为是盐害了他们——
狗剩死在他紧握的方向盘上
死了丈夫的表姐，活像一把流落的盐
这个世上，那多人
走着走着就散了，就化得不见踪影

只剩下这盐的味道
让我也结晶成母亲手心大颗大颗的盐
这苦涩断肠的盐，这每日吞服眼泪和良药
却无济于事的盐
从那年冬天一直下到现在
这漫天飞舞，触之不化的盐
需要人间慢慢消化，需要坟墓和草长莺飞
一寸一寸地消融，一寸一寸地拔节

给夜晚开一扇窗

多么安宁的黄昏
我背着柴禾回家，堂屋里新添的煤炭炉上
正涌动着小米粥的香味
母亲又泡上了我拾柴时捡回来的松菇
父亲在院子里打着煤球

那种黑色的，蜂巢一样的煤球
烧红炉膛时，我觉得连空气都簇拥着暖润的甜味
“放学后就再也不用拾柴了”
我和耗子兄弟在屋子里疯得像过年

但破空而来的哭嚎，让第二天的村庄
黑得和煤球一样
地主家是真疼孩子——
竟把我们晚上都舍不得用的炭炉
偷到他家孩子的西屋，耗子兄弟暖暖和和
睡到日上三竿，却再也没有醒来

“真是作孽哟……即使再冷
即使在天堂，也别忘了给夜晚开一扇窗”
父亲指着我家那个能容一人爬进爬出的窗户
红着眼睛教育我们，那时我多么悲伤
破窗而入的天光，照耀着触目惊心的灰尘

生火

父亲从黄昏归来，带着青草、果枝
混合汗液的气味，和母亲一起
在柴房里
不停地煽火，吹着灶底将熄的余烬

噼噼啪啪的火苗，仿佛初吻
燃烧着落叶、枯枝
间或吞下冒着浓烟的雨水
或者大雪之后，一只初试啼鸣的山鸡

我知道他们共同的事情
就是用血汗，将它们全部变成火
哪怕是变成苹果树上一颗稍纵即逝的火星

架在那张有着巨大胃口的沸腾口子之下

……但多么漫长啊，却面条一样柔韧
他们终于将自己熬成了火焰
将我变成了女儿，妻子，母亲，女儿的女儿

小团圆

乐音起时，我刚好呼出“啊”声
不疾不驰的抒情，正醉成红酒
刚好铺满黄昏的山楂林

刚好奔跑在龙王河的声线里
泛起影影绰绰的群山、村舍和白云
我们摇摇晃晃地走在倒影里

孩子们架着秋千，鸟一样荡着翅膀
父亲抡着铁钗，在收拢他的豆子
而夜色正幕纱似的，拖走金黄的光泽

在这月圆的晚上，母亲
一粒粒挑捡着父亲运回的豆子
星星瞌睡着，童话里的蛐蛐和疲惫的水声

远处那座山上，那个一直在搬运石头的人
那块看不见的巨石，仍在山坡翻滚着
甜蜜的酸辛，就像人们一生都无法翻越的狂欢

赶时间的人正赶着一辆牛车

缓坡上，这个赶时间的人
正拖着一辆牛车，牛蹄深深地陷进了泥里
牛眼里大雨滂沱，牛车上满载的不可名状之物
倾斜着，就要倒出这一路
沉重，缓慢和焦灼
也许再赶一程，命运就能挣断了缰绳
但真的拖不动了，这个大汗淋漓的人
自语着，就把自己放倒在山坡上
他大口喘气，大口倒咽着凉气
在茂密的雨丝里，他也曾投入过另一场
巨大的战役，像个孤胆英雄
占卜一样活了下来
现在，他浑身冒着热气
蹲在路边，像一座喷气式冰山
一个老人笑盈盈地经过他
一个孩子背着书包朝他扮了一个鬼脸
一个失业的青年，一辆奥迪，一个教师
似乎都看到了他冰山的一角
但千真万确，每个奔赴的身体里都拖着一辆牛车
人们就要把它看化了，他无非是一个残喘吁吁的
存在。好吧，等他缓过神来
他将从这个山坡消失，再缓缓出现在另一个坡地

女性身份

是母亲
一个妻子
疯子！你站住，焦灼的闪电温柔的雷
我们都散场了
只有你还在清扫我们的杯盘，我们的残骸
只有你还饿着肚子，露出乳房
奶狼吞虎咽的孩子
我们掘干了你的温泉
只有你屈从隐忍的活法
只有你听任我们摆布，就像你摆布
梦幻和生活安置大地星罗棋布的棋子
爱你，你就是我们的家国
恨你，便弃你如衣履
但你安静，交出了一个世界的明月清风
你纵情，如燃烧的狮群在辽阔的草原
渐作灰烬
你埋进我们的骨头和血液
让我们温暖的波纹忍不住喊疼——
母亲
妻子
少女和少女头上的花环！香气如日影
日复一日，你忙着死

输液室

输液签到处排满了带标号的葡萄糖瓶子
我领到的是 101 号
每个号码都对应一个病人和名字
输液室里挤满了孩子们尖锐的哭叫
这里的时间要用点滴计算
冰雪尚在消融
离春暖花开还隔着几场疾病的距离
不用再追究一场病毒抵达的时日了
输液室里每天都是病毒日
电视里放映着穿越人妖和玩偶的胡巴
但人们常常不能跨越这突然而至的侵袭
即使是一场小小的流感
“又鼓针了——”
角落里手忙脚乱的年轻女人高喊着护士
朝怀里挣扎哭闹的孩子又捶打了几下
爱和疼痛在这里
像扎进静脉的针头
曲松，他啶，哌拉西林，炎琥宁
一滴滴流进人们青绿的血管

复印部

他们作鱼贯转身时，我刚好拐入
风扇卷起沙沙的纸一样的魂灵

我复印身份证时，他正在复印
一张民事诉状，吐血的旧债据说早已死无对证
这是一个穷人的悲哀

但一张蔷薇花的脸开在我们中间
密密麻麻的履历
仿佛夏天透明的纱裙
她友好地和我交换着黯淡的眼神
面对白墙似的下一个瞬间

……只有复印机在嗡嗡低鸣
它代替了鸟鸣，一次又一次
复制着我们的嘴巴，手脚，划过天空的影像

每个人都领走了各自的命运
在门霍然开启的汹涌光线里
我们多么恍惚，谁也没有看清谁是谁
仿佛只是我们的一部分，正被流水反复印证

在西餐厅

酒杯碰向酒杯发出了玻璃的脆响
“有人踩着气球渡出了国门”
她一阵嘘唏，他一阵沉默

尚未饮尽的汁液，在杯中泛起一阵阵泡沫
晃荡着葡萄的眼睛，桌子上
那些吃到和吃不到的葡萄其实都是酸的
但酒精的光泽，却令人眩晕而荡漾

更多时候，我坐在他和她的中间
一手拿刀，一手拿叉
沉默地吞吃着，杯盘里那些黑色
白色……和那些混合色的物质

那些被东一刀，西一叉弄碎的
礼崩乐坏的生活
有人正向天空睁着大而空的眼睛
我知道，那睫毛上悬垂的东西
远处，是一片模糊的夜色

春夜

此刻，我在桑吉平措的梵音中读到了江绪林
最后的信，“我恐惧，我要喝点白酒”
现在，他沉滞的灵魂已飘向云端
不再颤栗尘世的忧伤

其实熬不过这场寒潮的
还有花盆里那只坚硬的甲壳虫
清晨，它的小身躯安眠在吊兰的叶被下
半死不活的还有暖气，文竹，空心人

但我家的秋海棠每天都绽放成火红的香炉
窗前的白玉兰又举起了粉色的灯笼
一只叫春的猫把夜晚喊得跌宕起伏

当然——我和他，我和它们
也曾无数次交换过秘密的身份和命运
在荼蘼的时辰，在将死的瞬间

后来，我是在梦幻般的星空里睡去了
猛然醒来，我已白发铺床
左眼微光，右眼目盲
一个人挣扎着站起来

我摸着自已像一截失去知觉的木头
天呢，如果依旧是在梦里
我渴望闹钟给我染上响亮的光芒

悬浮物

恨不得有一把火就把它烧光
有一杆旗就耸立起珠穆朗玛峰

拉风的拉票的卖肉的贩毒的
杀猪的杀羊的虐心的虐爱的……
世界有着触目惊心的伤口

网络新闻里
一个四岁的孩子在人群里被取下了头颅
五个月大的乌达死于战火中的饥饿

空气中悬浮着令人尖叫的颗粒
沉默令人沮丧。一手交钱一手交货
芝麻香油，正现打现卖

所有的香气都有令人沉迷的因子
却无法医治脆弱
生产的躁狂、抑郁、残忍和浮云

我爱的，已离我轻轻远去
但我多么轻易就找到了你
可哪一个都不是你，但你应该在这里

空气中，你是额头明净
满眼慈悲，双手温暖的那一个
当黑夜落定，我终于有所皈依

疯狂的多米诺骨牌

“疯了，真的疯了！——”
亲爱的，这不仅是一条海量版广告
但是真的疯了，一队队新人正穿着圆梦牌婚纱
走在圆梦的红地毯上

苹果被咬了一口，又一口
是伊甸园里的那口，也是乔布斯的那口
是撒旦的，也是新人的，一口又一口

疯了，真的疯了。但真正疯狂的不是梵高
也不是金黄的向日葵

那些疯了的，是梵高牌皮包，是乔布斯的苹果
一队金黄的梦，戴着疯狂的彩头
就是要不动声色，再次偷袭你的珍珠港

——仿佛是发乎情，止乎愿的
当然，我看到更多的珠宝，更多的价值、链条
更多的崇拜……潮水般
为人类拥有？为人类复制？作为人的神启？

在这疯狂的晚上，我看到有人正用多米诺骨牌在

重排
梵高的星空，那个著名了一百年的星空
我知道那推倒星空的力量
不是疯狂的多米诺骨牌，就是一只疯狂的手
一颗为此而疯狂攫取的心

但是亲爱的，我更愿意享受
那颗晨光闪亮的果子，带着你的气味和温度
与我共赴这场前世的约定

蓝蝴蝶

它追着你飞，抖着无尽的蓝
从古琴缥缈的群山到细雪吻绿的草地

它轻盈地飞啊，它沉重地飞
它悲郁地飞啊，它满心欢喜地飞

它拖着你的影子，从暮岚翻越晨曦
从死翻过生，它还要往死里飞

把喜剧飞成悲剧，把悲剧飞成人间沙画
天空折的左翅，大地叠的右翼

白日梦做在烂泥塘里
爱做在无限悲悯的黑暗里

它离魂一样地飞着，它销魂一样地飞
它抱团地飞着，沙漏一样坠落的碎鳞

它领着你飞啊，它追着你飞
朝着人们神秘莫测的秩序，朝着若明若暗的花园

飞鸟

它们展翅在空中，那么轻那么蓝
甚至，有一只麻雀还闯进了办公室
在我们头顶轻轻盘旋

但不久，我听到重重落地的声音
一只断翅，散乱地落在椅子上
随之，一个身体跌落在一片旋转的阴影里
蓬松的羽毛带着黑色的叹息
它挣扎着，圆睁着珍珠似的眼睛
但持久的挣扎却加速让它垂下头去

它一定没有想到
另一个像它一样飞翔的吊扇（或不明飞行物？）
正旋起看不见的风暴
在它们顷刻相遇的瞬间就要了它的命

就像另一场分崩离析的悲剧……
在我们眼前，不断叠合着驱之不散的阴云

爱到最后

渐绿的心，刚被雨水浇湿
情人节的路上
人们手捧玫瑰香气袭人
我手拿纸钱
去给一个刚刚离别的人上香
他选了一个这么美好的日子入土为安
亲人们哭他时
他一定会嘲笑我们这些大活人
多么容易像孩子溺于爱的存在与消失
他把活着轰轰烈烈地爱过了
现在他爱上了死
爱上了喧闹之后永久的寂静
人们磕头，烧纸，向他跪拜
一束玫瑰鲜亮地摆在墓前
这个世上，唯有寂静供人爱到最后

约等于

你信不信，60 公斤约等于 21 克
在冒着蓝烟的大熔炉里，我们必然到达那儿

而月亮约等于太阳的香气
第一千零二夜约等于满天星光，每一天都在反复死去

而缠绕不息的藤条约等于父亲，约等于女儿……
这母性的、父性的纠缠，约等于一个人一生的顽疾

一颗心约等于沙漠，一滴爱约等于献祭
碎银约等于鬓上银霜，泪光约等于湖泊对天空的思念

而我约等于你，约等于你们的一部分
烟火约等于苦难约等于创造，此岸约等于彼岸

但在万物的眼中，世界约等于无
它动荡的美，约等于安静的海

……这并非形而上学的论断
你看我正躺在一个波澜壮阔的夜晚，反复历数着

一个人的长度，刚好呼应着这些模糊的砝码

刚好约等于一只邪恶的盒子，而它正倾出白日梦

——即使在黑夜，它也生出不眠的青草
约等于天空之蓝，约等于普世之绿

谁都没有说出

我们安静地侃着今年流行的服饰
远方寂静的音乐，阳光翻晒着
虚无的幸福，这个冬天
更像一幅抽象画，寒冷是窗外的事务

但有一句话，谁都没有说出

我们绕过一个圈子
又一个圈子。东家长西家短
老婆孩子热炕头，喋喋不休
煲着滋润的油脂，就像花儿开成了永恒

但有一句话，谁都没有说出

在暮气偷净一座房子的余晖之前
谁都不忍破坏
睡莲和水仙，那面相濡如水的镜子
即使有人小心翼翼说出
那鱼死网破的样子，两手空空的暗伤

但有一句话，谁都没有说出

关于那——
雷霆压顶——轰然而至——揪碎心魄的……
那一幕，谁都没有说出

蓝枝桠

归来。令她想到了绝望和死
她蹲在地板上，像被伐去生机的枯树桩
直到他再从沙发的睡梦中向她嚎叫
向他歇斯底里发泄一个人的邪恶
哦这个甩手将军
这个逃进没完没了的酒精和工作的狂人
不久他便逃进了均匀的呼吸
像床上他们共同的孩子
她检查了孩子的作业，铅笔的字迹
仿佛又粗又黑的小树枝
向天空展延着抑制不住的风声
这真让她想随风怒吼，但她却哼起了小歌
把铅笔细细削好
之后她长久地跪在床上，头抵着膝
像一个人朝觐生活，向明天磕头的样子
她狠狠搓着眉心，揉着眼睛——
但还能怎么样啊——
该不该出卖的，她都把自己出卖光了
低低的乌云状的夜色
牢牢裹挟着，快把她逼疯了
空气狭窄得如同浅浅的睡眠
但床上睡熟的孩子

有力的呼吸，正拍打着一张瘦削的脸
手中那柄坚硬、冰冷而尖利的刀形钥匙
是的，只要她轻轻一旋
就会从苍灰的皮肤开出血红的花朵
就会露出那些蓝色的骨头
那种蓝啊，就像鸟儿逃回天空
就像鱼群游回大海
人们栖居在星星蔚蓝的枝桠上

如果夜色合拢不了活着的伤口

“妈妈，妈妈——”她惊恐地喊
我跑过去把她摇醒
她用小手摸摸我的脸又拉住我的手
“妈妈变成泥土了吗？”

月光淌在脸上，留下湿漉漉的印痕
她从我怀里睡香的时候
起伏的小身体像翕动的一朵月亮花

此时的月亮正翻过十二点的山墙
那个每天都像鬼似的男人
终于摇摇晃晃地回来了，接下来
就是月亮碎在地板上的声音，孩子的哭叫声
呼噜呼噜的鼾声，以及泪光垂落的滴答声

其实后来，连泪光也消失了
世界沉睡在夜晚寂静又柔软的果核里
仿佛一切又恢复了圆满的秩序
只有梦中不时传来孩子惊恐的叫声
“妈妈，妈妈变成泥土了”

疼痛

这种疼，已触及牙髓
我还在坚持，在这条自治与自愈的路上

但左肋的疼痛连至十指
手指的疼痛连至模糊不明的灯塔
而乳腺的疼痛连至宫体
宫体的疼痛连至四通八达的经络和胎衣

当疼痛在转移，我想说疼痛是连绵的群山
雾霾中的鸟鸣，从大象穿过的针眼到海阔天空

没有医生能够解救，这样的不绝之症
但也无非是绝望多了一点，虚妄就多了一点
黑洞多了一点，欲望就多了一点
潜流欢腾了一点，疼痛也就燎烈了一点

在这个清凉的早晨，一个人肿胀的神经抚摸着
败血的牙床，死亡一天天消磨着

多少带电的手指，一碰到如履薄冰的末梢
夜幕就把万物拉进那只黑色的抽屉

在这热烈的时辰

谁还在有冤无处伸，谁还在有屈无人哭
在这热烈的时辰，火鞭爆响
点燃了挨家挨户的炉膛，积雪紧抱着门扉

我抱着无可逃避的影子
想着那个清明的深夜给人烧钱送礼的人
正坠入深渊，在这热烈的时辰

如果雪是白的——白皑皑的雪
可以覆盖一宗虚假的证词，横陈的尸臭
坍塌的屋檐，在这热烈的时辰

阳光的尘埃堆满了俗世的雪
我反复拨弄着渐凉下来的灰，这毁灭的火
像极了一个人的生不如死，在这热烈的时辰

我披着火红的大衣，我拱手抱拳我鸟语花香
仿佛在一个世外桃源
一下子就颤抖起来，一下子就遮住了辽阔的皱褶

松涛正说出我们日夜呜咽的部分

最先告诉我悲剧的那个人是可耻的

但你忍住泪水和悲戚了吗
我一样是残忍的——我掐死了许多光
终于将自己摁进了黑沉沉的山谷

我接受这尘埃赐予的远胜于爱情给予的

这一刻，我睡在星光和悼词之间
松涛正说出我们
日夜呜咽的部分，丢失的金矿和指环

但同样的光，每天又落在了人们的窗前

拜祭日

不杀羊，不用牛头马面和猪脸，不见血光
妇孺与男性同尊，在百姓祠堂
净手，上香，上酒。我想择一个这样的时日

敬天敬地，敬鬼敬神，敬祖敬贤
敬无数我敬畏的影子，那些死去和活着的魂儿
我知道辽阔的欲望永不厌倦地摆弄着
针尖上的神经，大海的波浪

我知道这虚妄的安慰
不足以摆平一个尘世的屈辱和荣光
那块盘踞在我们头顶镶嵌金边的浓云
变幻莫测地飘来飘去，它从未真正离去
我们什么都拒绝不了——

就像拒绝不了新的摧毁和秩序
死亡教我们懂得
大海暗藏的盐粒，伤口里的隐疾
人们心口的宽宥，慈悲，羞辱，冷漠……
我一次次在星光里祈求永恒的安宁

谶典

在一个时代的天空坐得久了，你看到划过天空的不是闪电
只是众鸟咀嚼的泡泡糖
短暂的盛宴与甜腻，不足以照亮灵魂的镜子

那些高烧的蓝，在书写明天的谶语
你坐在汨罗江的乌船上淘洗，一行诗约等于一粒米
清冽冽的江水荡气回肠，撞击着
或疼
或麻的
牙口

你向天问，有人以鸣司晨，以身饲鹰
你向地问，有人剖胸亮肺
你用手用脚用泪过滤着汤汤的胸脯
葱茏的顽疾

——依旧阻止不了：
那些绝望之美，暴力之道；远方寂静的黎明，英雄的号角
而现实正提着魔幻主义的枪刀，很罗曼蒂克的
一路奔跑着——在云端撒花，在人间革命

虚拟草原

草，一再低下去
可触到一只羊，棉花般的内心
我们如此相仿，叠映
在一滴泪状的光里，找到自己

而鹰的眼睛从天空抛下
一把巨刀，相拥而泣的只剩一把
刀剔的残骨
深过根须的，疼痛

如一场太过用力的角逐
一场生死交欢的缠绕

雪正如期降临，一个洁美如幕的
城堡，正把我们一次次重塑成童话
我们川流不息
从那些一再低下去的草里
行色匆忙，高于忧伤

销魂

“你察看春天的每一片树叶
上面都写着复活的信息”
在我路过的一家早已褪色的影壁墙上
写着这样的话
是的，生命每一天都是婴儿
在惊讶、怀疑、愧疚或平淡中
重新发芽
重新如野草
被挥霍成寒冷或温暖的那支配着我们的力量
我感恩于这样的变化
尽管我等待的戈多
他永远不会到来
但他出现在每一天
欣喜与痛苦，物质或精神的寒薄与丰饶
……这触目皆是的
让人销魂般活着，且享受
我的心，就是被用来折磨的

芳香

雨过天晴的日子，我依旧
穿着青花长裙，蕾丝镂花的云边
黑白的褶皱贴近地面，翻动长长的梦幻
但在这间狭窄、发暗的房子里
椅背挂住了裙角
门把手又拉断了几根丝线
也许会有油花跳出热锅
偷袭我身上这些花蕊一样窸窣的香气
当然还会有刀子从梨子转向手指
就像无法预料的劫难
恍如昨日，又仿佛从未发生
不过，这完全没有关系
人生来就是为了碎的，亲爱的人
我用了三十八年才学会一个人拖着油瓶生活
我用了十三年才学会不抱着爱的氧气瓶呼吸
我还学会了像弹簧一样去应付死
那种蛮悍而超越的勇气
一个人拖着柔软的身段
在酷烈的时辰，在雪上加霜的落井石里
一个人被从未有过的东西
羁绊着，牵引着
虽然我不知道那是什么，但我却像福克纳的熊一样

识辨着绕过它，又心甘情愿地向它靠近
但它很快从我眼前消失了
是我走进了空白?
抑或是来到了我从未到过的梦里?
荆棘和坚冰正融化成我杯盏里微笑的茶水
好吧，我就在这里等待
命运的恩赐……想到这些
我的裙子也因此笑得像旋转上升的定律
在饱尝恶梦定居、那充满狂风暴雨的意外长夜后
阳台上的一朵花正返回滋养它的大地
我正嗅到它凌空的芳香，就像我返回熟悉的气息

转场

对不起，这一次我动用了拖布、刀铲
还哼起了愉快的小曲，最后却忍不住动用了愤怒
动用了刮、削、割、伐等绝句
动用了纺织工人新织的白布
但我并没有把楼梯上新覆的白灰除净
就像我不能清除那些面具、妆魅和毒素
万物总不肯轻易向我们交出本真
和那颗无限眷顾我们的心
任你穷途挣扎
任你以泪洗面
任你趴着跪着
逼仄的夹缝从天光泄露着天空暗蓝的面孔
我们早被损毁成一块不堪的抹布
但那条梯道却一直在旋转着上升
它升到两千米的时候
它就是高原上茂盛的植物，就像梦想
拥抱着静美而艳丽的盛年……
你必准备足够的艰难和眩晕才能接近她
抵达她，就像上苍轻轻将那木措湖含在眼里
把她汪成一泊上帝的眼泪
为了保持这样的纯粹
她在俯视人间 5700 米的高度
是的，为这痛彻心扉的尘事
只要人们轻轻低头，神就忍不住落泪

荡漾

湖边的一个小女孩正高声诵读
她一边读着《一个善举》
一边向湖里投一枚石子
她每读一页
湖里的波纹就向四周扩大一圈
就像香樟树的影子落进湖里
不，就像香樟树的香气
不，香樟树不会出现在这里
是垂柳代替了香樟树的香
把树冠一样荡漾的绿
送到了湖心，一圈又一圈
湖面上回荡着一圈又一圈不断扩大的波纹
她说，善良的力量
就是石子投入水中向外扩散的波纹

沙盘

嘿，有人正在做沙盘的事情
就像松鼠把橡果珍藏在隐秘的树洞
有人正在这里创造着一个世界
不用第一天，第二天，不用第一千零一夜
而用每一天，在这里
种植云端，云端的天使
种植城堡、人群，死去的植物和未来的动物
种植葱茏的山谷，金黄的光线
在一场纵横捭阖的梦场上
播种着无头的向日葵
假装恋爱的情侣树，把火星、木星和金星的种子
埋在靴筒里，任无数双脚
踩踏、迷茫并为之深深迷狂
就像孤独那般空无
就像积劳那般疲惫至死
人们在漫无边际的世界，划出网格和温度
嘿，就让海洋和天空父亲一样的蓝着吧
就让陆地如愿以偿，养活母亲的粮食和蔬菜
我们就在这里，无休无止地
爱着，攫取一个世界正在生长的
温柔黎明，漫长黑夜
但当我这样继续下去的时候，眼泪却没有洗掉

今天的灰尘
沉默和雷霆一样，在窃取太阳的王位
多么遗憾，人们从沙盘里摆弄这个世界的时候
并没有像心理学家那样治好自己的暗疾
也没有像哲学家那样能够摆平癫狂的波澜
但每日，有人沉浸在这里
酝酿香气的坛子，坛子里罐装的美酒和江山
依旧从每天降落着神奇的脚印
哦那记忆的荣光，不朽的明天
正落在这里，在有人将这一切轻轻带走之前

第二辑

永恒的幻像

就像春水正熬煮着流年

上午还是热烈的盛日，蕾丝衫上香汗淋漓
下午就是落叶翻滚，骨肉粘连着抽剥余生的筋骨

上一刻是嘴唇轻咬着耳垂
下一刻就是后会无期，万劫不复

一些捉摸不定的风，一些无法确定的关系
一些落在阴影的光芒，正治愈人群的绝望和仰望

就像灰烬总是在死灰里复燃
就像春水正熬煮着流年

一些轻易的碎，正从一片落叶翻动巨大的声响
正从风的手指抖落着，从归途离场

即使你模仿雕塑，或哭或嚎或笑
即使一站千年，一场传说

其实我就像空气，我一直在这里就像我从不在场
但是慈悲呵，不论你轻轻放下还是咬住不放

不论是道法自然，还是黑白无常

这些喜悦而热烈的，就像意外的拥有、措手不及的失去

但是我爱你——就像万物慈悲于胸
一个反复交错的世界，
让我们各有所属，让万物各得其所

两次踏进同一条河流

不是第一次，也不是最后一次

这是唯一下午的河流，我们又来到这里
疲惫和泥沙，似乎已冲垮了我们半生的天堂
除了手中的石子，不断被抛落到河心
上帝也无法预测，一场无法掌控的洪流

而回旋不息的水波，在石子坠落的瞬间
沿破碎中心，像极了我们
不断将岸推向流水
一场永无止境的冒险，我们正深入其中

河水构成的镜子，穿梭而过的境遇
发着亮光，鳞片似的悲伤
别以为爱情可以治愈死亡，安慰这苍生百年

当死神伸出手臂随意抱住我们的腰际
需要背负多少困苦和慈悲，才能死里逃生

有人输掉了性命，有人摆渡着罪恶
这漩涡般的活着与屈辱
还不够彻底呵，就像沧海终会抹平桑田

就像一阵风就带走的那件汗衫

抱爱而生的人，在抱憾一生的清凉里
因淌进了一条河而爱上了海的澄澈、苦味和盐
因爱上了爱情，而爱上了所有的男人、女人和孩子
因遭遇过一场无常，而悲悯天下的生死与疼痛

这巨大的再生，心怀慈悲
而万物葱茏，流水不息，令我们一再沉默

永恒的幻像

仿佛有荆棘刺心，他偎在原处
只能远远打量
她就在那里。绕一树白玉兰转了一圈
又一圈，银质的花瓣随之回旋
在流淌的雾里，月光一样的
齿轮驱动着她，仿佛风的利齿
璀璨了一树香尘
她这样转下去的时候
仿佛每一圈都是一天，每一圈都是一生
沿着爱，在心中盘旋……
她一直在那里
假装看不清他
他是另一只痴鸟，胸口插着荆棘
为爱。更为美——
仿佛永恒的幻像，芬芳而遥不可及

迎风泪

走着走着就忍不住流泪
逝去多年的外婆又来到我的梦里
而杏子青涩，母亲却在桥头向我挥别

走着走着就忍不住流泪
亲爱的孩子不再抱住我的双腿，书包压在肩上
小小的身影沿着长路独自向前倾斜

天早就黑透了，上班的人还走在路上
放学的孩子是在邻居家吃了晚饭
还是又在助教等不急了

走着走着就忍不住流泪
但已经来不及了，说过爱我和恨我的人
已经消逝，在正在消逝的茫茫人海

假如有一盏灯还等在世上
等待的灵魂就有可归依的屋檐

走着走着就忍不住流泪
有时候落在脸上
有时候如刺在喉

有时候又滚落回肺肠

走着走着就忍不住流泪
风吹或不吹，我的眼睛里
都蓄满了风的波浪，摇荡着不可预测的形状

美人痣

不多不少，我刚好有三颗
它们的排列，形如一行弯曲的泪
从上游的眼睑流出，一直绵延到唇下的山河

我相信眼角的那颗，是上帝赐赠的源头
它是想让我看到天堂的
清流、瑶池……至上的忧伤，完美的残缺
那上善若水的一切
信念、圣典与敬畏

至于腮上的那颗，应该是撒旦安置的诱惑
它安排了权术、纷争、焦虑
胭脂、城池，碎玻璃上的光芒与阴影
它许给我思想，更给我思慕
仿佛悬置的美好，也仿佛无常的噩运

而最下的一颗，刚好呼应着神谕
在地角，和我唇齿相依
在人间，我有这么多的福气
全都拜它所赐，它世袭着传说
在我的心上盛开着莲花
我吃着炊烟，是一个平常的女子

欢欣着，也痛苦着
我消耗的一切，依旧在等待着
一场百年里的链接

我们将一直同行

一直被黑夜追赶
但今天，我并不知道要到哪里去
空气里挤满金色的孤独，如影随形的
劳累和汗腥，点亮了红灯和绿灯

我们一直在这里
被照耀，或躲在颀长的影子里
从一座小镇，一直走到梦幻的心脏

那些从众生里寻得的
温暖和安宁，钥匙和门环，朽腐与刀刃
我们正隔空交会，因为爱

我们一再重逢，但我终究没有想起
一个我深爱的面孔
模糊的存有一万种生动的具象
每一种都痛彻心扉，每一种都要落地生根

就像空气里荡漾的金色波纹
正用老去的肉身款待灵魂的清风
我们终将消失在火焰之中，在这条路上
我们将一直同行

仿佛这一切都构成了隐喻

从布满蛛丝的角落，她捡起两张照片
一个男孩和一个女孩的
眼睛里荡漾着清澈的湖水
风吹起发皱的波澜，一层推着一层
仅仅是一恍惚的瞬间
一张照片从空中，打着旋儿
已不知所踪，这样的时刻令人心疼
桌子上景泰蓝的花瓶
不知什么时候已留下一个更大的缺口
锋利的瓷茬尤如剃刀
向天空摊着狼牙形的豁口
斜在里面的桃花粉夭夭的却沾满了灰尘
为了保持某种完整的样子
她不厌其烦给它们清创，洗尘
在影像室里还原他们，貌似圆满的故事
现在，所有的缺口一律向里密封
顺着光从外面看去，一切依旧鲜艳而完美
每一天的月亮
都像一面信誓旦旦的镜子，反着多重的光

开火花

当我点燃厨房里的燃气灶时
穷困和冷瑟，已退后七寸

置换燃气的工人换好了橘色的管道
盗火的普罗米修斯送来了火的精神

“把灰烬留给自己，甚至连灰烬都不留下”
爱燃烧着，蓝莲花的火焰

在这光和热里，母亲正煲着一锅鸡汤
细细的文火，缭绕着唇齿留香的岁月

间或传来女儿满是奶味儿的笑声
这欢腾的蓝精灵，顷刻就点亮了云层里的月亮

多么温暖的底色，我们梦一样
开着火花，万物沸腾地扑闪着翅膀上的星空

我们吞吃着幸福，也饱尝苦难的囫囵
酒杯里斟满了窖藏天空的蓝焰

就像丰饶的糖份和盐粒
在我们体内，翻滚着甜蜜或咸涩的泪水

屋顶上的月亮

父亲六十六岁了，父亲在电话里说
正月初六，就拆掉老房子
新盖两层楼房，父亲说这话的时候
我的心被一把枯瘦的老骨头
搅成了屋后起伏的群山

父亲盖的第一座房子是三间茅草屋
作为他的婚房，没有院墙也没有柴门
房子西南不远处是一片坟地
后来父亲借了五元钱，在那里安葬了
病逝的祖父。黑夜里点亮的油灯
常常和月光里飘动的磷火，争相辉映

三间瓦房、两间东厢，是父亲第二次翻盖的新房
桃花杏影，梧桐花的酒杯
盛满了小院鸡犬猪狗的合唱
一家人常常欢天喜地望着星星欢叫
夜里我也常常听到父亲辗转难眠的叹息

再后来我远走他乡，弟弟也在省城安了家
父亲的小院落满了宽阔的寂寞
每逢春节，我和弟弟才会拖家带口

挤在沸腾的老屋里
挤得父亲仿佛眉开眼笑的弯月亮
背着耄耋的穹顶

父亲挺着腰杆，在即将焕然一新的楼宇下
为什么我的心像欲拆的骨架
我越来越像父亲担心我们那样
担忧着，在风中闪烁的老父亲
月亮会不会突然就掉进那个古老的井里

在车上忆起白银似的童年

那种呼啸而过的，似乎已不仅仅是风声
穿过去。似乎总是记忆
如同从身边呼啸而过的群山
在青葱含黛的光晕里
我常趴在南山的瓜园里望天
锦缎似的云，棉花似的云，碎鳞似的云
翻涌着波浪
一个孩子放逐的天堂
是我全部的秘密，父亲手推车里的果实
天黑时分
星星提着灯笼，我们打着月光
沿着盘山小道回家
似乎年年总是如此
似乎只有在经过一片坟坡时
才会猛地陡起一阵恐慌
一下子就捅破了
安稳妥帖的寂静
一下子就把人推到流星的位置——
就像此刻
擦肩而过的星火，又把我领到了这里

筑家

这要命的死角，每天矗立在厨房和便道之间
已经耗掉了我们出入的光线和自由
真想打通这面墙体，或者在黑暗的墙上
画一面奶白轩窗，垂下绿油油的茑萝

真没想到，可以在门上画出一颗人心
装上茶镜和水纹，嵌入其中的电视屏幕
就是一个在波浪里荡漾的国家，摇晃
万头攒动的背景——

这被礼赞和救赎的生活：
调酒师调兑着红酒和鸡尾酒
小提琴手摆动着玫瑰礼服，人们在冷餐会上
签单，亮出品牌和青春，砸金蛋、抢时机……

每个人都在创造历史
艺术让物质爆出黄金的火焰，金属的蘑菇云

我感到灼热而眩晕，仿佛一个穷光蛋坠入了爱河
必在全部精血融化成零才能清醒
这样的发现，令人沮丧又疼痛
隐形门后，你看不清我余生的算盘，眼泪和光芒

就这样唇齿相依

关上风，关上撩人的窗帘
关上阳光和天籁里莫名的歌哭
此刻我静坐在这里
好吧，就让我们微笑着面面相觑
凡你所赐，我悉数收下

金鱼收下了水草和鱼缸
飞鸟收下了误闯房间的那层明晃晃的玻璃
卡夫卡收下了扭曲的甲虫，变形的魂魄
陀思妥耶夫斯基收下了苦难的风暴
世界收下了你

在酒精和谎言里长醉
在黑洞和棋盘中走失
时间交叉着小腿消失，呼吸锤凿着生存的孔隙
哦痛苦从每天的坟墓里醒来，打着幸福的哈哈

我不知道哪一个才是你
就这样唇齿相依，在流逝的光里
上演着一出又一出
反复交错却永远无法想像的戏

亲爱的孩子

就让月亮和星星挂在幽蓝的墙上吧
我想给你几盏灯，亮在每天的屋顶
最黑的夜里，总有一盏能照耀辽阔的梦境
给你万卷诗书、钢琴、画笔、良美和宁静
它们都是奏响自己，闪闪发光的星辰
再给你一扇蝴蝶形的窗子
带给你翅膀的远方，但请记住
破茧之前，一个人也有毛毛虫的前身
庄周用来梦蝶，大道御风
梁祝用爱化蝶，拼死飞向永恒
再给你小狗、小猫，米奇和一个童话王国的伙伴
即使这一生总是孤独永存
再给你盛美的衣厨，放梦的小床
给你公主的粉调，王子的蓝调
旷野的绿调、红调
一个物质时代的金调、灰调、黑调和白调
但我无法给你红木、紫楠、象牙、钻石
铺满金砖的地板，银砖的通道
我不可能说：光——，光便来了——
亲爱的孩子，你也一样
即使我给你的，也无非像树叶在时间里缓缓消失
除了一颗心，我什么都给不了你
除了你每天都像一张有所不同的白纸
只有路上的石头，从脚下发出恒久的回声

像巫婆一样爱你

给你喂完药，再让你模仿老夫子
做没完没了的习题。我发着持久的高烧

其实我观察过你睡着的样子
更像翕翅的蝴蝶，呼吸的花儿
但我还是把你从睡熟的花蕊中唤醒
让你在练功房里
模仿蝴蝶从虚构的花丛舞蹈

现在我坐在教室门外的长椅上
裹着厚厚的黑衣，长长的灰围巾
吊在脖子上，仿佛童话里的狼外婆
等着你掉进我的视线

我不时地搓搓手，再跺跺脚
我根本就不是我了，更不是一首诗里的女王
涂抹江山，创写世纪的那种样子
我不时从门缝里偷看你们
一群天鹅凌波飞舞的样子

每天都像巫婆一样爱你
用皱巴巴的皮肤，紧巴巴的日子

用偷出来的时间，囚犯似的自由
无比紧张地爱你，像牙疼一样
一会儿把你咬哭，一会儿又把胳膊伸向你
和风细雨地爱你，电闪雷鸣地爱你

妮卡和小窗里的妈妈

黑瘦，短发，大嗓门
八岁的假小子妮卡讲到妈妈的戈壁滩时
总是手舞足蹈，眼睛发光

每天晚饭后，妮卡最幸福的
就是匆匆打开电脑和摄像头
把 QQ 小窗里的妈妈
小心地拖到自己身旁

就像妈妈真的在自己身边一样
她认真地读书、写作业，做游戏
有时还会画一画妈妈野外工作的样子
她有时抱着红柳，有时站在骆驼刺旁
远处的龙卷风总爱扮个鬼脸

这样的日子已经持续两年了
今天，妮卡却忍不住哭了起来
再过几天，妈妈就要回来了
持久的等待，让她再也等不及了

天使

你吻了她一下，又一下
玫红的婴孩，偎在深灰的大衣里

但她不安于这温暖和柔软，她一下就跳出了你
眼眸里闪耀着一个世界的初光

她跑到这儿又跑向那儿，摸一摸陌生的旅箱
再蹲下来拍一拍地板，她好奇每一个陌生的脑袋

她踮着脚丫，摸索着身边的众物
追着空气里看不见的光彩斑斓的蝴蝶

她咯咯地笑着呼喊着，冬风也眯眯地笑着
一小朵春天，顷刻就沸腾了一个小站

但她还是跑远了，像一束小小的光线
把你甩出很长的影子，缩成一个穿心的针眼

穿过僵硬的回忆，最后一次
她吹着泡泡，欢快地闯进了梦的风暴

在夜色聚拢和颠沛流离的时日，她常常多么鲜亮地
在唤你——像孩子一样唤你，母亲一样唤你

左手和右手相爱

就像左手和右手相爱，我们十指相扣
走在各自孤独的深处

而上天怜悯我们呵，赠予我们
一个天使的孩子，以此赎回
那个海枯石烂的约定——

你看到乌云之后的光芒
我的眼睛一直在找寻着那光
而脚却深深低陷在黑暗里

我还能再给你光吗？你懂我
就像我懂你
一个灵魂照耀着另一个灵魂

这些被上帝咬过的苹果
沉陷在自身的不圆满里，是否
内心还葆有一份火辣辣的爱

就像左手和右手相爱，我们十指相扣
一个灵魂找到了另一个灵魂

三十厘米的爱

那么好吧，就让我们手拉着手
以三十厘米的距离，彼此凝视
两个人的深海，我们都不再是琥珀色的鱼
尽管岁月也剥不落此起彼伏的鱼尾纹
但我们还是这么干净、慈悲

可是，能让我们再靠近一点儿吗
以血液的温度，以含泪的濡沫
喂养，粗砺生活沙滩上那覆露的玫瑰，麋鹿，人群
那哀嚎的孤独，广袤却纤细的游光
如果，这是我爱你最好的距离……

但干枯的笑容呵，就像彼此坚硬的心
——这困住我们的：
这顾盼，却又悄悄逃离的——禁忌

直到我们视而不见，就像左膀抱着右臂
独自在夜色的深渊，翻涌
最是缠绕在心尖上的那海水味的苦，般若波罗蜜般的甜
正一浪接着一浪，喊出爱的魂儿

就像玫瑰

就像你抹着刚吻完我的嘴唇，却对我说“你好！”
就像我也对你说出：“你好——我们睡吧”

就像两块完全陌生的铁，被火嗤啦啦地焊接
就像两个相爱却无法涵融的人

就像亲爱的纵情犯、盗梦者
就像突然的眷顾，把你生吞活剥

就像月亮闪烁在云层，它多么美满
却有无法识别的面孔，它发出不同的嚎叫

就像火山和寒冰
碰撞着——又耳鬓厮磨——

就像你，就像我——但不
就像密植的玫瑰园，就像一个世界

还有多少非礼，借以美妙的沟壑
还有多远的距离，在被省略的腹地

就像玫瑰之于尖刺，灵魂之于肉身

还隔着多少汪洋，就像分崩离析的花朵

我们早已习惯了亵渎斯世的高贵，亲爱的人
“但我的心多么干净，你不知道也无妨”（冯娜语）

背面的蝴蝶

是的，你看到了
她在深夜的阳台上哭，今夜再无人道歉
当一切已没有退路，只有脊背上的蝴蝶还在
颤动翅膀，刺青般渗入血肉地
恋着一朵深渊的玫瑰

可是你懂的，星光剧场的剧情在这里延伸
并不是所有的誓约，都坚守成北斗的城池
并不是所有的蓝盐，都能调配幸福时光
并不是所有的撤退，都海阔天空

已经多少次了，就这样背对着背
两颗始终无法安慰的心
相爱着绳索一样，始终无法抵达

那荡漾着玫瑰花香的彼岸
在打开的黑暗之海上，人们化身的那些蝴蝶
正汹涌起伏着——那抑制不住的
呼唤，与对峙——
在生活的晕眩里，仿佛一轮被无辜淹死的红月亮

对话

再沉默下去，就要大雪封门
但今天是个例外

玫瑰开满了白头，花蕊的酒杯
溢出我们，无声的祈祷
当然还有凝望时痴痴的傻笑，罂粟蜜
填满沧海桑田的心，依旧

像昨天动人的回忆，一点点
在清除。伤口的碎片
闪耀着梦幻的反光

我们依旧，什么都没有说出
也不必说什么了，这无非是一座火山的开始
直到我们再也活不动了
那些隐秘的执念喷涌着，依旧守口如瓶

碎片之诗

被我涂蓝的是，火车向前
咔嚓，咔嚓……仿佛抽刀断水
远处，一片空无

被我涂绿的是，成群结队的草
从坟头抽出新芽
死，压根就挡不住春天的漫延

还有迷人的炫彩：和这个世界一样
疯狂——房子、车子和票子
或者黑白无常

当然，我依旧会许你一颗极致的心
琥珀色的爱，漫过钻石一样的时光
像普渡寺的风，那么干净

但别以为一把刷子就可以治愈死亡
安慰起霾的苍生，暗影里的落红
除此，凌晨的事务从这里延续

白夜在这里挣扎完了，所有悲伤都成了灰烬
除了写一首幸福的诗
头顶上那把皎洁的镰刀，一天天
把我们割碎的生活又镀上了一层银光

你还好吗

说到你被切除的身体，说到从死亡的巢穴挣扎逃回
说到你产下女孩后遭受的屈辱和冷遇
说到你每天匆忙的分身术
我涨红了脸，一个共同的命运体
眼泪像绳索
钓出大海里的沉船
当然沉船只是无法面对却必须要承受的隐喻
咸涩的风暴
偷袭了我们，掀翻了所有美好的命名
那些消逝的，要重现多少苦难
才能摆平大海汹涌的波浪
似乎永无休止——
树叶摇晃着复调的悲伤
在一个下午的阴影里
我们扭过脸
谁都不愿意让别人看到自己的天空大雨滂沱
在渐渐安稳下来的生活里
你还好吗，我知道
那一场滂沱大雨一直下到了明天的沧海桑田
像黑暗中一道长长的光芒
只是，你还好吗

伤

几年前他像个幽灵爬上五楼喊我
帮他检验四楼办公室的门是否落好了锁
我说锁好了，他依然一遍遍拽着锁
哐当哐当地试探

现在，每天他都在考勤簿上一遍遍描
自己已经签好的名字
工整的字迹烙给下一张一道道深刻的印痕
但他一丝不苟像个虔诚的信徒
他依然每次都会喊一个人为他确证
是否已经签上了他的大名
一遍又一遍

——仿佛一个谬错，或者错误
给了他一个无法确认的事实
一条歧义的道路

事实上，他依旧每天吃药
药方是当中医的父亲为他配制的——
但二十年了，他对待世界
依然像对待自己当年的初恋女友那样
那个离他远去的女孩
一直让他不敢相信，更不敢相信自己

腊月

在你不期而遇的怀里，我那么惊讶
一些小红果正从灌木丛里举起燎烈的榴弹
大雪之后，这些暗涌的红
颤巍巍穿过苍茫的胸膛

是的，后来我看到了一个辽阔的裸体
仿佛一个男人站在苍蓝的海里
壮硕的生殖
生出茂密的根须，铜褐色的躯体
托举着脑袋上的花朵、果实，双臂葱茏的枝叶
倚在一个女人的怀里

当然，他们的脖子上还套着绳索
肩膀上拉着牛车，梯田，火车，渐渐隐入
城市的丛林。白杨树鸣叫着灰喜鹊的巢
它的翅膀，落在湖面上泛着微金的光

当然，我还会收起这样的画卷
除了狂暴的风撕扯着荒原的头发和心脏
除了你一次次走向火星闪烁的炉旁

薄雪

下雪了，静谧的夜
纯白，铺满了想象的美
仿佛飘落的爱恋，白得不含一丝儿杂质
白得仿佛一场幻觉，铺天盖地的光芒

足以照亮夜晚。但它时刻充满了危险
每个人都小心翼翼，在它白色的火焰里
满眼里含着它，满脑子想着它
原野里翻滚着它波浪的细语，道路与河流
单车、皮肤和嘴唇上……到处都颤动着它的化身
此刻，它真的大过天了
它倾天而来的时候，刚好压在我的心尖上

像一场灾难。但它无非是薄情的
无非是一片片痛苦的小小冰片
在这灼热的良辰，在安逸而满足的半杯酒里
它一下子就化了，一下子就飞了
比一群喳喳欢叫的鸟雀消失得更加迅疾
它顾不上我的呼喊，却裸给天际一角蔚蓝色的情意

是该改变些什么的时候了

兴衰从来如此
在硝烟中升起烟火
在悲亡中忘记悲亡的伤痛
唯有活着的星火，好比爱情的旗帜
冻土里存活的苞芽

惊喜从来如此
加速，加速的轮子
左脚是上帝的股掌，右腿是时光的针脚
注满了永恒的激情
见山山转，遇水水转

流连从来如此
直把荒漠叫做天堂，把耻辱当作纪念
疲而正兴，颓而不弃
那持久飞翔的轮子，思想的闪电
感染了美的病毒

快意从来如此，空洞又绝望
盗梦者给梦想安上葱绿的心脏
又画上蓝色的翅翎
是该改变些什么的时候了，但是什么呢
神提着火，一直拒绝回答

自由的蝴蝶飞在朽死和鲜活之上

在一个过于庞大的壳子里
我们套着过于狭小的套子
已经生活得太久，沉睡得太久了

为什么欢愉总像转瞬间即逝的光线
为什么孤独总在最深的孤独里织网

我们被自由和爱忽略得太久了啊
我们束缚着自己，已经太久了

总是眷恋越深，甜蜜就越忧伤
一个气血堵塞的世界，又冷又疼
天窗囚禁着天光
所有的美意

但当树木放下了秋叶，当放下成为新生
当胸膛打开了天堂，当爱燃烧成蜜汁和毒
所有的梦境
总是通过现实来生发，我们喜欢的生活

多么无限浩渺的星空
我们小如灰尘
自由的蝴蝶总是飞在朽死和鲜活之上

第三辑

握手言和

在高处握手言和

那场假面舞会结束了，我们正跳着贴面舞

并不仅仅因为灯光照亮了我们的头顶
并不仅仅因为鸟鸣淌过耳垂，又唤醒了春水

我们曾山穷水尽，以死换取
通往天堂的路费，哀恸之后
倾心入魂的光，正拥着我们的影子
多么澄澈、通透的呼吸，一条明灭交错的河流

每一天依旧，穿胸而过
我知道那些沉陷泥沙的倒影，仿佛我们
在罪与罚的天地，不断翻滚着
巨大的呜咽，不断抛升着被升起的灵魂

“我怕我配不上我受的苦难”
在这流淌的永恒之中
已没有路途，让我们返回那上游的高地

但为了坠落得更慢一些，我们正学着
放下奢念
放下一出生时就握紧的拳头

顺应着灵魂的油灯，像鱼一样打着挺子

让头颅高出波浪，让我高出自我
在有生之巅
一个人终于可以向死，缓缓摊开手掌
那么好吧，就让我们在高处握手言和

注："我怕我配不上我受的苦难"——陀思妥耶夫斯基

药

有人干柴烈火地爱着凡尘的肉身
有人宁愿青灯寂寂，孤独到死

——这救命的药。你宠坏了我
在尘世，人们奢侈的痛饮着它的芬芳

要么去死？要么去疯？
倾听灵魂的人，在云端或是早已消失在肉里

当我闭上眼睛，抚摸你的面容
但这一刻和那一刻，多么不同

爱你时，你遮蔽了所有的死亡和恐惧
不爱时我依然爱你，但多么轻多么静呵

就像草木翻滚着流蜜的汁液
篆刻自然的碑文，就像呼吸潜伏在未来的肺腑

我想哭但已没有了眼泪，却忍不住悲喜
我疼但已没有了心，却忍不住以齑粉攒制世界的
完整

安慰之诗

当绵软的风，终于吹得你辽阔无疆
你可以呼吸花香，在刀俎之上

落日正从胸口喷出，灰暗之上的星空
一纸幽蓝的静
轻轻就压住了万千雷霆

仿佛山峦崩倾——
无法承受的境遇，终于使你获取了
飞翔的轻功——这生活的假释者呵

月光般轻轻滑翔着
松软的羽毛，带着梦幻的力量

“咕咕——咕咕——”，发出
也许并不是“咕咕”的叫声，却神启一样
让你感到神秘鸣叫的光——正绵软地滴向你

即使它拔不起深陷刀锋的手脚
即使它短暂得仿佛一行无用的诗
却还在安慰着，一个已经无法安慰的世界

情歌

没有一个比你更恒久，没有一个比你更动人心魄
没有一个比你懂我更胜过懂你自己
没有一个比我垂怜你胜过垂怜自己

我从词里找到了你
从暗夜的灰里
微弱如孤星，有一瓢的光亮

我把魂儿还给你，云朵把眼泪还给
幸福和悲伤的大地
大海的风暴眼流动着尘世的安魂曲
你以雪峰为杖，以镜湖为心
挽我发亮的余生

多么好！你拥抱我以光芒
不以我草芥的身份，动物、植物或人兽的属性
像爱回爱了爱
像水回流到水
虚幻悬浮着虚幻，你以蓝金般的巨大苍穹
供我以梦为马，供我挥霍不朽

为什么不——

为什么病入膏肓却讳疾忌医
为什么痛苦万状却笑靥如花
为什么恒星沉默，明珠暗投终于沉进夜晚
为什么阴神一直站在那里
上帝却不动声色
为什么中年的疲惫、老年的账单
一具肉身越拖越沉
为什么在持久的战栗和恐惧之中
已不必再呼救了
为什么依旧躲在西比尔的笼子里
用死活着
为什么铁石的冒犯
一次又一次让湖水荡起了快感……
假如悲痛是一只翅膀，悲悯是另一只
当一个人喊出，这些和那些
为什么，为什么……
磅礴的大海正向天空
歇斯底里地呼啸：为什么不，为什么不

新的一天已经开始了

我喜欢忙碌之后
这干净的样子，清新的样子
晨光倾下来，透过玻璃
洒在一本打开的书上
鸟鸣正从窗外唤回昨日
死去的魂魄
但这阻止不了什么
什么也阻止了这些
几千公里之外的圣地麦加
石击恶魔的信徒，却被恶魔踩踏
在朝觐的仪式之上
仪式从来只是一种仪式
没有哭泣
从来就不是真正的生活
同样在几千公里之外的撒哈拉沙漠
还有一种强忍着不肯死去的杜兹肺鱼
而苍穹依然
一副撩拨心弦的样子
新的一天已经开始了

任性

许多关系破冰返绿
许多神股从人间蒸发

像滑铁卢一样活着，蚂蚁搬动生存的悬崖
遵照神的寓言

在不断杀青中开始
在不断突袭中拍案，拍板或叫板

狐狸甩着思有邪的尾巴，神草从废墟长出一个时代
允许自由生根，允许存在结果

每一天都是随机的符号
疯子，丧心病狂和儒释道共用一个灵魂和肉体

冒天下之大韪，之大不韪
从窗子、门缝，前门和后门中动用神的光明

珍珠用泪眼吞下泥沙
完美成全着残缺，月牙儿咬出了黎明

你海阔天空排山倒海，我在无人之境掩耳盗铃
任性的神啊，这鱼群放生的大海

好词

白发婆娑的老人亲亲地喊你：“小朋友”
我觉得“小朋友”真是一个好词

光天化日的墙角，“友爱”成功阻止了
那一场劈头盖脸、白刀子与红刀子的围攻
我觉得“友爱”真是一个好词

后来警察带走了用皮带让孩子遍体鳞伤的继父
我觉得“惩罚”真是一个好词

当黑色的矿工从坍塌的矿底走出来的时候
我觉得“阳光”真是一个好词

当被砍去手臂，戳瞎眼睛的乞儿拉住你
低低地求你：“救救我吧——”
“爱”，真是一个好词

你陌生地招呼着我：“你还好吗？”
久违的“温暖”，真是一个好词

当眼泪洗掉了昨天的耻辱和悲哀
当梦一样纯洌的光芒涌动在粗砺暴躁的崖岸

文明的孩子，我们创造了多少波浪
就有一个多大的海洋，和我们匹配
用哭泣、抵抗、悲愤、死亡——用手臂，怀抱和生

宽广的天空，接纳了陨石、闪电和灰
橄榄色的河流带着奔跑的力量，脱笼的鸿鹄飞在一朵云上
似乎万物都在鸣叫，一个荣兴时代枯衰的芳魂

烟花烫

是牡丹红，藕香绿，月亮白……
加持在身上，穿着世上的烟火，以女人之姿
踱步在尘世街心，我轻挽着你，你呼应着我
像光倾入黑夜，雪芬芳着大地
不比酒烈却比酒醺，不比剑利却如一剑封喉
我这么滚烫地爱着，就像爱着我的祖母，母亲和
姐妹：
身着高贵的遗训，如飞翔的丝绸
光滑，安静，有樟脑的沉香，多么爱呵
这麻与棉交织的生活，蒹葭苍苍却飘动温热的蝴蝶

心魂软禁在精神的蝶衣，欲望放逐在物质的茧蛹
而当你在黑暗的裹挟中，尖叫着——“不”
赤裸的绫罗对着薄凉寡性的人说——“不”
白狐紫貂对着皮相和肉色说——“不”
欲望之海，一旦你解开那盘根错节的纽扣
那包藏着的疼，危险的痴狂，这波澜壮阔的拉链
纱，止于膨胀的底线和秩序……

而生活的针脚，一面在缝补，一面在解脱
“哧——”，当滚烫的血液，突作裂帛爆出痛哭
我跪在逝者的褶皱里，那包裹尘世的人形

烟花般滑落:“她死了,碎片和灰烬取代了体温与血”

——你穿透了我，而我正穿着你
有多么暗淡就有多么鲜活，有多么俗气就有多么惊艳
有多少皮相，就有多少灵魂的镜面
……而永恒的是，我深怀你的光芒

带着毁灭般的美，像佛在布道：让爱和疼痛，不息——
愿精神慈悲，肌肤芳泽，骨骼清香
穿着灵魂的雷霆和蜜，从此岸到彼岸……愿一切
苦难，重负，尺度，和福祉，寺宇般包容我们
在无上的爱里，隆起的“腹部像我的心一般崇高”

* 注：腹部像我的心一般崇高——出自智利的密斯特拉尔的《母亲的诗》。

十月，灵魂已宽恕了肉身的对峙

夕阳入坠，谷粮入仓
此时大地上流动的事物开始
苍凉，凌厉
风里挂着依赖皮毛传播福音的苍耳
此时颤抖的心脏
一定承受过了闪电和雷霆的折磨
云朵的泪水，一个呼啸的大海
人们围着黑夜谈论路途的时候
有人发来信息
两只眼睛的关系就是两只眼睛
一起眨动，一起流泪，一起看天
一个广阔的世界，把“喜欢”和“厌倦”
风暴一样爱过了，活过了
此时，灵魂已宽恕了肉身的对峙
接下来就是大雪倾天，律令一样
埋下不死的魂灵
想必万物生莲，我正深居其中

私语

把音频调低，仿佛雨滴敲打
幻想的呼唤，原来孤独是戴着桂冠的狐狸

什么都无须再说，即使温暖或者寒凉
接下来还会发生什么

踩着影子的人，反复奏演欲言又止的曲子
叶子一直黄成了金子

就这样打着哑语
我坐在遥远的对面，猜你的哑谜

回忆和欲望，仿佛恋爱缤纷着寂静下去
但我们并没有缠绕成梦藤上的痴鸟

却像无花果止住了我的悲伤
却像一只手轻轻拿走了绝望的小刀

一切已淡如初烟
一切已美如初始

一个人沉陷在平静的波澜，原来我
可以如此辽阔，仿佛星星闪动着浩瀚的微光

木质花园

多么惬意！在三张木椅拼搭的床上
午憩一会儿，多么惬意

一只椅子安放我蓬乱的脑袋
一只椅子安放我吱嘎生锈的身子
一只椅子安放我的脚踝和脚印

仿佛，我就是我的王了
凌驾于三只座椅的王，分三个区域安放
一个人疲惫不堪的思想，劳力和脚力

任头发翻卷出浪花，拍打着自由的彼岸
任虫子微痒着爬过胳膊，再猛咬一口心脏
任高跟鞋敲扣着催命的乐符——

就这样把自己安放在一个王国的摇篮里
想必我是睡着了，再也支撑不下去的
那些蜜蜂一样的君君臣臣
终于放下自己，在一座木质的花园里睡着了

秋日玫瑰

你用一片片手掌，翻手为云覆手为雨
你翻着蓝，翻着天和空
你翻一下脸，万物就翻进了泥里
你荡漾着金色的孤独，在大地上写生
此时是萧萧落木
彼时是香木婆娑
是什么需要你
生死交欢，或者交错
是什么覆盖着什么，又被什么覆盖
所有的体温和力量，在阔大的腹部
隆起，神的花园
什么都是你的：你让一切衰老，变轻
向生与向死，全毫不例外
看到消逝的人，灵魂如木叶
在你的时间里，这是登峰造极的时刻
像爱抚着爱
一半是枯萎的希翼
一半是褪色的回忆
此时，大地的尊者们伸出长长的手臂
向人间献出人们曾经热爱的桃子
沉醉的美，又是灌满凉风的时候了

秋天

天地一下子通透起来，生命还有多少哽咽
在狂风骤雨之后
屋前的柿子树挑着桔色的灯笼

我把窗前那只昨夜的干蝙蝠敛进糖纸
交给了上帝
星星的眼泪重归于黎明的露水
成为风中润泽的一滴，化霰而去

接下来便是一个饱经沧桑的老人
在路的尽头
落叶越扫越多，而更多的落叶在空中
在无法确定的，空——中——

这被抛出的一切，这有着或无落的一切
就让它们跳自己喜欢的舞蹈吧
在诸神降临的秋天
我把一颗心，放生在辽阔处
落叶正在大地上敲着大悲咒的木鱼

仲夏

所有的花朵都结出了果，谎花完成了风的传媒
即使恶之花，也得到了善的报答

我庆幸那个跳进黄河的人
终于沉冤洗清，终于可以向世界宣言

每一天我们依然：幸福。无常

就像我们曾经把每一天都过成了死
又把每一天都活成了生
苦楝花用紫色悲伤诠释过浓烈的过往

时间已把我们带到了远方
空间却总在帮我们回忆，返回最初

一双手，那潮湿、无涯却未知的手
总会把我们拉出深渊，再轻轻投放进去

大雪

大雪婀娜
在天空和大地上行走
我走在大雪之中，像大雪一样
触摸到神的眼睫
美的脸庞
飞翔的魂魄
一个被大雪拼接和净化的世界
万物洁白而干净
麻雀儿从此留下浅浅的爪痕
小猫小狗在大地上画着梅花
我们一个脚窝一个脚窝地走下去
就能走到白头
走进梦幻
带着一尘不染的样子
大雪总是从很远的地方赶来
又要到很远的地方去

冬夜

整个夜晚都是我的
整个夜晚的盛席华宴温暖而明亮
我在这里读那些不说忧伤的孤独
汉唐的气息，岫端里软体的爱情
我一会儿是我
一会儿又是整个浩渺的世界
我呼吸着你的呼吸
魂贴着魂儿
我从来没有远离过你呢
你也从来不曾消失，在我们之中
还有什么比这更幸福的时刻
雪花静静地落了一层又一层
梅花酣睡在窗外的梅树上
天光微黑，因垂悯这个纯白的世界
给我们设置了帷幕、困顿，兵剑、灾难
和一个又一个闪烁的背景
我们掐着火星
从高处爱着，从低处疼着
一会儿是这样，一会儿又是那样
就像星星陨落，月亮升起
就像时光机推着时光
穿过断头台，历史脱着胎换着骨
此刻正温柔地降落着一个又一个我

对戒

是宁静的贝和大海的沙，对接心尖
是柔美的圆和雄阔的方，融化蝴蝶的茧蛹
是含泪的心和潮湿的手，握了又别别了又握

“你是我的生命……”
多么完整的幸福，在彼此指认

美人蕉从庭院里簇拥着，这安稳的人生
而鸢尾花，已向更远的远方
打开了螺旋的花苞，哦那徒劳的诱惑

我们依旧手扣着手，串心的枝桠一样
开着枝，散着叶……
假如这是真的，那该多好
那些叫光的精灵，正从屋顶漏下天使的眼睛

所以我感谢你

多年前是心脏，石头一样冷却了
爱情的火苗，分崩离析的灰烬
遥远了
后来是清寒，一个人挑着生死和疲劳
肉博者的地平线，昏暗的一头
接着天光
现在是一个沸腾的人
但我无力说出，我正遭遇的你
铺排着地狱和魔鬼的潮水，日复一日笼罩的
昏暗，好了
你要等到那一天，我用一百年的笑声告诉你
上辈子欠你的泪，我还完了
这辈子你欠的债，我帮你还了
下辈子你欠我的，我一并帮你还了
但你怎么舍得，让我成为一缕气体
死，在永恒的孤独和虚无里
这并不是你希望的，我懂你就像懂得一粒棋子
所以我宽恕你。就像遥远的伊朗
一位母亲在绞架上，解下谋杀她儿子的凶犯那样
宽恕，在哪里都一样
所以我感谢你。我依旧在春风里颤抖着
感谢你，赐赠我一个天使的女儿
让我像天堂一样意外地活着

做一次唐婉就够了

黄酒，堂戏，钗头凤
酒至微熏——
今夜我摇晃在前世走过的巷子深处
你要挽着我，陆兄
今夜我说天下无尘，心无尘
今夜一颗尽得风流的心
归落在南国的兰舟里
我依旧是唐家羞涩多情的小姐
桃花闹，莲花落
此曲唱罢，断云石边
兄台啊，今夜我许你一世的圆满
偿还我深井里的饮恨
也偿还五百米外，朱安那礼物般的情爱
错错错，在沈园
莫莫莫，偿还我
离恨天般的高跟鞋支不起的这一壶宿爱

诗，或者梦

橱窗里的鲜花果真长成了少女
手拿气球想飞的老人又返回了童年

湖水里倒映着奇异的符号
在意义或虚无荡漾的波纹里，鱼啄破了水
游进弯曲的钟面……

在梦里做梦，仿佛永恒的乡愁
一个迷人的想象体，正安放生活
或者，正成为生活的一部分？

我们深居其中，拖着一个星球的光芒和倒影
有人惊呼一声，一个寂静的水漂
像波澜带动的天鹅落下光芒，飞过？

但还远远不够呢
世界在你胸间又烙下一批狠词，比如
死，疯，硝烟，囚或者锁：全都像火在活着

逼仄判决着辽阔，美冒犯了丑
一枝带戳星的笔用风暴和盐嘲弄着白纸的苍白
我转动手中的钥匙，这就是了
光亮的蛇蜕着闪电，我们并不曾全部死去

山顶有花山脚香

不再相信星座带来的运气
也不再相信命运起伏的光亮和暗淡

琳琅风雨后，千疮百孔的网
逆着水，顺从了水
一只眼睛吃下沙垢
另一眼睛喷出鱼虾
这已足够了

杜凝眉里深藏的波浪该舒展一下了
灵魂紧随肉身的呼吸
是互为幸福的磁体
泪水洗亮了庙宇的灯盏

“山顶有花山脚香，桥底有水桥面凉”
我唱着这首歌的时候
歌正唱着翻滚的世相

活着时，我们以矛为盾彼此撞击
以寻欢作乐，以悲愤超拔
相互侵染

但这一天终会来临，在一座小小的土丘山上
我们是高出人世的那部分
从身体里摇曳抽出的野花，是全部的寂静和喧哗

每一天都很幸福

每一天我都很幸福，你将我引至高处
从最初的饥荒，卑怯和无依
到天葬台前

我看到天葬师慈悲如菩萨
一天天，抽出人间的刀斧
一刀刀，解下
这一生都无法摆脱的

从前是用盐的一生，海水的一生
忙碌地养活亲人和嘴唇
之后，我们将把自己转赠给泥土、蝼蚁
更高处飞翔的兀鹰

再转身时
我把从背后降临的黑夜和刀子
全都回赠，以微笑、拥抱和鲜花

只有爱寂静不死

这一夜琴声，变成了月光和流水
世事闪烁总不停地流失

只有爱寂静不死，蓝色的波涛交叠
涌向彼岸
这大海的泡沫，梦中的蝴蝶

万物奏鸣
孩子们在黑暗里演奏
绿袖子，虫儿飞，斯卡伯勒市场……

静谧，又汹涌
这向生的梯子
在积雪的反光里，一次次将我们摔向绝处

所幸，幼鹅的脖颈还弯曲着
鸣叫天空的波光
所幸，坟头开裂，蝴蝶飞处
每一小朵春天都长出了的花蕾

所幸，已没有所幸
你捧着一颗心来，我捧着一颗心去
即使转身是凋零，即使这一生终将毁灭

第四辑

养育光芒

落日

它剩余的辉煌，把夕光的长针
深深灸入人们的眼睛
道路上满铺着黄金
和它的灰烬

这是明亮的时刻，但不是最后
这是温暖的时刻，但不是最后
在下一刻，它是辛波丝卡的海参
在危险中——

“它暴烈地把自己分成一个末日和一个拯救，
分成一个处罚和一个奖赏，分成曾经是和将是。”

到底，你爱不爱它
到底，你爱不爱我
已无关紧要
我将像你一样，坠入它预设的深处

足够黑
足够光明
足够喷出世间的隐喻和神启
正如足够我们活着，在它转身时拖曳的灰长裙里

风儿带走的，云朵正送给我们

在逆光的剪影里，能够发光的
除了爱，还有什么
这悲喜交集的人生
世界里沉睡着所有的夜晚
而每一次拥抱都像第一次
你的脸蛋儿紧贴在我的胸前
星光在头顶动人衷肠
蓝色的波涛在高处，翻涌着热泪
多少年了，我们的生活沾染了太多魔法
尽管困窘，却也富足
尽管狭窄，却也回荡着宽广的琴声
即使那只夺命的撇脚把我们狠狠踹进了泥里
也无非是命运又把我们错爱成种子
风儿带走的，云朵又送给我们
在天空的反光里，必定有一种更崇高的法则
和人匹配，就像流水一次次经过扭曲的肠胃
再一次恢复成最初的本原
就像所有可怜而不朽的人们
在一次次相拥中，你再一次成为我的宝贝
成为我和我的同类

遗址

她是在滑铁卢战败的另一个拿破仑

她的身体里隐藏着无数场战事
现在她只是个负隅顽抗的人
疲于生死，伤痕累累
她跪向苍天，像无声呐喊的号手

但已找不到敌人，此时荒草和落叶
纷纷向她缴械投降
灌木丛中的红浆果是全部战利品
秋日举着芽苞像遍地的玫瑰
她正向远处眺望着
黑洞的枪口，落满了蝴蝶

嗯，不弄起一丝天籁的蝴蝶
宁静地穿过
曾经的峥嵘，峥嵘的来日
万物消停过吗，一个世界放下过手吗
她静静地潜伏在这里

她的长发铺展着大地斑斓的琴弦
她的头顶是无边的蓝，脚下是无际的蓝
整个姿势像一滴不肯霉变的奶
正从一只柔软易曲、正在熔化的钟表里流出来

用一个世界告别一段悲伤

你用一只眼睛看到了另一只眼睛
鹅卵形的思想
孵化的月夜，梦境，五光十色的胶片

你看到云朵翻涌成大海，一切
仿佛都落在缩时摄影的长镜头里，人群涌来
又快速消逝，而种子从花朵里弹射出来

风里流转着风的女儿，内心流转着衰草和野火
祈祷和忏悔，从教堂的尖顶流转开去
流转，让风流不朽

你看到门外的门，虚幻之外的真实
一只发光的蝴蝶，把翅膀上的光芒倾泻下来
让你也成了一道光，你生着光

但你不是上帝，也不是佛
你无非是卸下了一段悲伤，用一个辽阔的世界
弹落一段烟灰，像完成了一种仪式
在一个风声鹤唳的时刻，像神一样睡着了

灯塔

一定是梦沉淀的光，让它生出了翅膀
长成巨人，在众生迭起的浪尖
用光芒的臂弯，挽住黑暗的陷落

一定来自最高的信仰，爱和悲悯
痛苦时，它是广袤天空的雨滴
幸福时，它是天花板上镶嵌的月亮
往返于来时的道路，让幻影重现

这暴风中诞生的烛火，就像生活
有时候需要通过幻想
增加活着的长宽、韧度和温度

落魄如我的人，在它的光圈里
流泪，受苦，孤独，绝望，感念
承受命运和它的光照
这构成了我的道路，浓雾中悬而不落的灯塔

我远远地朝它走去，终于抵达它的时候
才发现，它那里什么都没有
除了身上汹涌的热气
它那里什么都没有，但偶尔抬头它又隐现在远方

谁还在把阴影当作光的导航

谁还在双手捧心，颤栗在噩梦翻滚的睡床
谁还在与命抗争，不是我死在辙里，就是你在轮底逃生
谁还在清点帐单，当仰望已倾塌了 366 次
谁还在与虎谋皮，当生活已置你于死地
谁还在敲打身体里的火石，在一切化为乌有断肠之后
谁还在守着一具熄灭的灯，把阴影当作光的导航
谁还在薄薄一层白纸上，用诗句抚摸悬崖上倒置的人心
谁还在默哀一个迷途的孩子，当乳房已隆起坟头
谁还在贪杯贪嗔贪恋那些迷人的夜色，当喧哗像彩色的星星
谁还在天葬台上，一刀一刀解下自己的灵魂
还在十字架旁，忏悔胸膛里新装的子弹
谁还在一座花园，建筑一片叶子的教堂
谁还在用生偿还着死，用死痛生着生……
当感情已无法替代存在，当潮水涌出午夜的命运
我轻轻呼喊着你，那些你
纷纷从我的身体里跑出来，像孤独的海浪
拍打众多的影子，众多的分身
在突然遭遇的深渊之中，当生活被拦腰折断

等灯

杀猪的人举着一把杀猪刀
他并没有让刀柄悬置的犹疑
乱羽尖叫如落红
无非是一个粗暴的屠夫在恫吓空气

我一点也不怕他。在他的屋檐之下
我佯装唱歌
唱一支柔情的歌，在日夜兼程中
唱心脏里那只跳出来散步的兔子
唱道的美和幽晦的路途

我不怀疑那个等灯的人
手执神灵，在这个秋天
她一直在那里，灯一样古老、悠久
她从不厌倦地用每一天注解
新鲜的血液，和灰

多少年过去了
黄昏献出了屠夫与刀锋
我们手提命运，用光芒熬制着身体的油灯

煤在烧

滚烫的火舌，在身体的千疮百孔之间
呼吸，作为活着的证据
痛苦与煎熬
仿佛甜蜜的蜂巢，幽居的火花
每天，你深入我中
一点点走向灰烬，归于白云
这样的过程
恰如我们的一生
高压锅里沸腾的山羊、野牛和角马
像极了我们
奔跑在灼灼烈焰上
森林一样的香味，足可泽被后世
我多么贪恋，这美妙的光和热
意志与梦，是深藏在里面的一个王朝

一切尚未完成的时日

每日的虚度，让我感到一种犯罪
在一切尚未完成的时日

是什么就要来临？闪耀的光如美梦
让我徒然等待如痴傻的孩子

一场是突起的风暴隐喻的死亡与哀伤
一场是复印机里镜子似的时日影像

唉那向日葵的脸，随着轨道涌动的人间波浪
我虚度着它，离死越来越近

灵魂却日益新鲜
我的悲伤是用旧的嘴唇不知不觉吹落的泡沫

一座溃散的庙堂，在一切尚未完成的时日
我，已成为历史

倘若能够唤起您的一丝涟漪
我确信这个春天一定有肥硕的触须

生活总在继续

那一场怆痛终被凝固成一块石碑
埋进了坟墓
它不肯示人，更不愿消失
生活终于像水
洒在铺满阳光的路上

红灯亮时，请告诉那个拉馒头的三轮车夫
他的车后轮像一颗烂牙就要掉了
天寒地冻，再也不愿意看到
人间瞬间变黑，人们像碎片转瞬消失

哈一口热气，暖一暖脸颊
再喊一喊那些和我天各一方的我们
亲爱的人们，总有一种东西
热热地从四面涌来
可以兑换一座富矿，可以填满余生的空白

我在这里等你

像一首诗，又像粗砺的生活
穿着从高处漂洗的云衫，低垂着身影
从巷子深处走来，我在这里等你

翻滚的阳光分开人群隐约的哭泣
呼喊的叫声，每一声我都当成了你
我在这里等你呢

深夜归来的人，带回黑色的叹息
我一直在这里等你
灯影里沉睡的光芒，眼睛里的星粒

一层层把自己包进燃烧的纸里
一场十三个门徒的盛宴
我在这里等你，便当一样
把我一次次卖光，埋进土里

我在这里等你，哭我笑我
不仅仅是因为在哭我的时候也是在哭你
而是在哭我的时候
你的嘴角也挂着微笑的泪滴

有一天你会到来

就像持久的回声，你盘旋在我的旷野
直到我们吻到了
那甜蜜而巨大的空，寂静里流淌的血

必须承认，你在我的脉管里
盲目、热情的虎王背着新鲜的孽债和期许
令日子死去，活来。令我饥渴

对此我们多么无奈，就像渐近的衰老
存有双重的快乐，与悲哀
我们阻止不了，明天未尽的就像昨夜

穿行在发痴的梦境。我们在月色里诉说
头顶的星星，月亮映照在小莲池里
那些细小却发光的眼睛，正漫过心坎儿呼吸
冲出水面和塘泥的喜悦

之后，我们要重回乌乡
或者去世上任何一个地方，我要用你
解劫，解渴，解生锈的火
请喝光我的灰烬吧
你正替代，所有存在的光芒和魂魄

但亲爱的人，今生
你不属于我，我也不属于你
即使默然相许，但生活早蚀光了我们
就像燃烧的死亡在逼近，那一天终会到来

净土

你看藤儿就缠在蔓上，阳光在哪里
都照耀着每一片叶子
即使米粒似的小花凋谢了，但三楸树上
缀满的小铜铃
即使垂落在深秋，也在大地的怀里
发出神秘的昭示
此时谁的眼里还葆有秋水样的眼泪
谁就有澄澈无垠的幸福
就像一颗心种植在另一颗心上
一些心弥漫在另一些心间
幸福埋着头，你看人们
生气的样子和微笑的样子一样迷人
心疼和亲吻一样招魂
无奈和迷醉一样令人呆痴
即便是活到死
即便又活到生
你看藤儿就缠在蔓上，纠缠不清的
温情与敬意，爱和尊严
就像一场接一场的风暴洗礼着
一茬一又茬的青草，呼啸着，颤栗着
就像一场又一场的爱情，重生着
来自从未到来的远方

远梦

上帝的调色盘里，最美的远
像湖面上透明的镜子，孩子们驾着小船
如同穿梭在蓝丝绸的天上
宁静的美，翻起珍珠的浪花
亲吻岸边颂诗的教堂
当草滩，地毯般敞开，那些行走的
牛羊，一树树花开
镶嵌着淡金的光，正滚滚涌入
万物虚空
而当夜暮降临，千万只萤火虫
飞成旷野里的星星，荧光乌贼
正将发光的触手，轻轻伸入我们内心
那时候，我整天偎着你
眼泪还没凝成琥珀
云头还没落下阴影

怀念一座花园

一次次，一次次
他们拿出怀里的乐器，在星空下吹奏
画眉的鸣唱，蛐蛐的舞曲，百虫和百鸟
在夜莺的引领中
回旋着一个巨大的乐团
空旷的水泥地上，一座死去的花园
站起身来，轻抚着
她的樱花、鸡尾菊、葵花、无花果树
和她被砍掉的枝桠，电锯上绿色的汁液
在那些幽蓝的夜晚
他们扑不灭的蚊子
仿佛闯入厨房的苍蝇带着邪恶的针器
给红痒的人们
偷偷注入了毒菌和子弹
人们咒骂着它们，却又离不开
这些不断孳生的尤物，仿佛
左翼在分蘖着月光
右翼却举起了斧柄
但如今他们的爱早已越过恨的藩篱
灰白的头发悬挂着路灯
微暗的光影，一次次掏出他们怀里的软金

养育光芒

每个人都有一个长长的未来
夜晚用双手划动看不见的深黑的船桨

飞蛾绕着命运的光柱
蚊蝇晃动着蓬蓬裙的翅膀

嘿，是谁？让我们死时
我们却意外地活着……

为一次小小的会心的微笑
为衣食苦为住行谋，年轻却凋谢的玫瑰

我们无法清除苍冷而卑微的底色
但我尝试用一匹翡翠的光泽来装饰内心

一万种黎明（那长夜养育的万千光线）
一万条出路（每一条都不是为了逃的）

也许我们正反向而行，在充满幻想的沼气池里
被霉菌和时间的气泡塞紧了鼻子，当光成为另一
种光

那根拉

阳光串着多么奇幻的珠子，它用明亮的蓝
作长长的引线，飘动七色经幡
从天上垂到雪峰
一直铺到水底，那根拉
多像你扎着无数细辫的发瀑
一个男人磕着长头，一路匍匐
原来他是想用一生，去吻
多么纯净的你
一个女人磕着长头，一路匍匐
原来她是要用一生，来把自己变成
多么纯粹的你
我满眼泥泞地凝望你，那根拉
变幻莫测的风，正狂揪着我的麻辫
原来你的眼窝，深藏尘世
多少雷霆哗动的盐池，那根拉
当我转身离你而去，那根拉
原来我这一行长诗
就是将心贴着地面，和你无限亲近

银碗里盛雪

这些生根发芽的，这些会思想的，这雄壮的
合奏，这奔流到海的，一切
都是来源于爱的

我又怎么能例外呢
在花神，酒神、美神和人神奔赴的节日里
我的银碗里盛满了花事，情事
盛满了纯粹的雪，在这里
大海唱着纯银的歌

一个海一样奔跑的孩子
他喊一声，是潮起
接着就是潮落。他接着喊下去
潮，一浪接着一浪
溃败着海滩上的沙堡，大海正一步步撤退

我身后是冒着浊气的烟囱
我们迟早是要回到那里去的。多么羞愧
生存，已深深扼住了我们的咽喉

乌木观音雕

乌木雕刻的观音，千年不朽的菩萨
身如乌金，心怀慈悲
千手遍护众生，千眼遍观世音
与万我相生，仿佛在引渡黑暗沉陷的灵魂

我知道，它的前世是一株香楠
也说不定就是河沿上的那棵麻柳
披一身黛绿叮当的光，一身暗香
仿佛正晾晒刚刚洗净的衣裳

但当洪水、淤泥和五浊恶世将它埋进江河之底
但当岁月冶尽了它内心的光焰与泪水
除了无力地翻滚在缺氧、高压的困厄里
似乎它的每一条纹理都缓缓接通了
日月的精气，天地的灵光
它阅尽了沧海桑田，炼狱千年
它的每一个细胞都在沉淀
坚忍、持久，善良……那关于爱的

啊那关于爱的信仰——终于将它浮出水面
它用智慧接受着刀斧手的慈悲
它用净水和莲花愈合着人世的碰撞与裂隙

在千雕万凿之后
在利箭穿心之后
——它可以不再是它了

它以九死向万生，宣说无尽的慈悲
它和万我愿力相应，光明而柔软

在蒲松龄故居

先生，竟然在你家恍惚了一阵
如果我恰巧也是一只狐狸
一条狐尾上也无非是拖着浊世阴影
沿着黑夜寻来
只为和你擦亮一缕油灯的光亮
只为一壶前世宿酒
管它仕途青云还是上刀山下油锅
你做我的帝王
我做你的疆场
先生，我们依然在草亭当炉卖茶
看南来北往的人世穿梭
在薄纸似的命里
同荣同辱，共饮喜怒哀乐
上一世我们苟活过，这一世
也仍将在缠累里偷生
等待，和希望
当一只狐狸打通了人鬼魔神
你刺贪刺虐也罢，画皮画魂也好
先生，即使你潦倒一生
兔死狗烹狐悲，一只狐狸的精魂
依然从你家的睡莲池上升起每一个黎明
就像你笔下滚滚而生的一粒粒汉字
素心若雪，一层层覆盖着尘世荒诞的秘密

天下粮仓

我们从汗淋淋的盛夏深入她宽阔的腹部
仿佛一粒粒粮食，藏进这座清凉的仓库
秋收冬藏，那些年总是这样
脚步错落在幽暗的通道
有隐约的滴答声
仿佛是从她苍穹形的圆顶折射过来的应答
是的，这苍穹的圆顶像极了老百姓的天
托举着一段民以食为天的历史
她经过我们时，已像一个废弃的词
散发着空洞的气息
孩子们藏猫猫的笑声正填满她丰硕的子宫
这里将是一座博物馆，或者展览馆?
记忆的通道，总朝向未来的胃口
一座天下的粮仓，她苍穹的姿势
像月光里打坐的寺宇，慈悲地打量着尘世

我们盛大的幸福，像一首刚刚诞生的小诗

靠深入骨髓的针钉，和时间的老去
蝴蝶获得了标本，塑像获得了不朽

我获得了你万千姿态，破败的和易碎的
在稍纵即逝的美中

粗糙的流年弄出了琴瑟细致的声响
一声断弦，两声如初

单向度的执拗，分裂的疯狂
我们共用一个整体，去点亮那些小灯

分辨那些光和遗落的阴影，有以及无
你是哪一个呢？我又在哪里呢

缘木求鱼的，穷猿奔林的……
熙来攘往，条条大道布满沧桑的光泽

那些用灵魂相恋相依的一生
赠予我们盛大的幸福，像一首刚刚诞生的小诗

是风带动了光

所有的渴望都在这里
绝望。一批鲜活的词、舍利子

是我命运的一部分
命运。在蛋花汤里加了超量的胡椒和盐

而悲伤如酒，不必担心我强壮的胃
生活把一个人分成了三头六臂

灰尘一样忙乱，分娩一样撕裂
新愁一样怜悯自己的恐慌、人群的焦灼

早就知道一条黄金定律套牢了始终
感谢旧又把新埋进了新坟

你的喜悦、惊讶、乞求、爱欲和颤栗
全是无效的药汤，我在这里安命定居

摆弄着穿胸而过的雾、霰和日月星辰
是风带动了光，每天挑旺我的心

我在这里生，亦如在这里死
我遽然经历的，也是你正承受和经历的

万物因你而闪耀

笑容已经稳妥，麦芒从麦穗上抽出
金色的光芒
大地的数字影院，万物闪耀

冲锋在前的总是一群咯咯欢笑的孩子
迎面走来的是一个怀孕的女人

露水从花瓣垂下昨日细碎的浪花
每天更迭的剧目和剧情
因你的到来，成为我不同的意义

万物因你，染上了所有迷恋的光泽
在每一次心跳的洋流
在灯光熄灭，时光飞逝的沼泽

万物因你而闪耀，此时万物是你
我因此张开双臂，成为
一朵想飞的花，一个奔跑的孩子

成为饱满的锋芒，成为所有
热烈和寂静，为之赴汤蹈火的理由

泗河，这是世界上的哪一条河流

1、
这流淌之美是翻涌的软金
人们模仿着流水，带来今天想要的生活
它的皱纹铺展着年轻的河床
落日在这里扔下无限钓钩，跃动的鱼群
一次次被钓出，我们无法说出的秘密：
蔓草，芦苇，村庄，青莲阁，古桥的倒影
人们用流水的嗓音歌唱不死的流逝
当热浪退尽，它在这里
它有调头向西的决绝，突然拐弯的勇气
它每天用耳语向我们倾诉：
摸索，虚度……
和奔赴一样美好
并非因为人们赋予了它意义，或者无意义
庸常和忙碌一样美好
每一个小如草芥的身体
每天都像舒展的泗河翻起不动声色的浪花

2、
这浩荡不息的：澄澈，残缺，疼痛，悲郁
罪过与救赎……都流经这里
高压线带着不可触摸的力量穿破古老的格局
盗火者的火花开满了桃园，葡萄园，草莓园
一切都是最好的安排，佛说

兴隆塔的佛顶上那一圈圈神秘的光华
正生发在我们身上
你打开时，它点亮了白昼

你闭合时，所有的花朵也必将关上自身
它催生的黑暗像沉积的淤泥，流沙与剑戟
孔子和孟子都不是它的对手

当灵魂走向肉身的河床
我走向你
带着麦田上空不确定的密码，永恒的乡愁
裹挟在流水一世的许诺里
我需要你每天在这里为我唤魂

3、
你抓紧这世尘的筋骨，以寂静的吟唱
咆哮的叫喊，无声的恸哭，唤醒我们
身体里怦然心动的另一条河流

你从哪儿来？又到哪里去？
你每天怀抱着
煤矿采空之后
坍塌的村庄，乌沉沉的苍穹
一路收集着流沙，灰尖
收容着伤害，背叛，逃离，顺逆，戒惧……

人们吞吃着盲点，心口敲打欲望的钟鼓

人们吃下酒精，垃圾和尘埃
吐出肺脏里的抑郁症、疼痛病
更高的命运，从来不在高处
你低低匍匐，在越来越低的土地上

4、
一个叫奴儿的孩子，一个异乡人
在这里清洗她的乡愁
藏起你满溢的清流，热爱，在构建一条河流的
源头，彼岸，深度、宽度和广度
你的桥梁和子民
——你不通向坟墓
——在终极的道路上
万物有灵，草木有心，都朝着同一个方向

5、
似乎万物一直浮居在这里
该给它们起一些什么名字好呢

每天都要经过它们
我一直好奇，却说不清楚

而水车在转，流水专横地统治着
类似流水的事物，我们的头脑

“应该有一些振奋人心的消息”
当眉头皱出了阴影，我们都流过诚实的污痕

但流水很任性地一次次拒绝了它原有的
似乎是医治
伤风感冒、思乡，堕落或困窘的良药
人们的病就是这样给治好的

“你迟早像它一样，流到天上去”
“即使坚固如铁的东西，也会像流水烟消云散”
“你们一定看不到我潜伏的隐秘向往……”

当我嗅到这些气息，流水
正把流水的秘密带往别处的梦境

6、
收到你流水的长信
苏格拉底住在这里，柏拉图住在这里
斯卡伯罗集市穿过你的心脏
水灾和矿难，都成了旧年的事了

但云朵止不住多重的悲哀
我在天空洗一面缓缓潺潺的镜子
神的河流，李白杜甫的河流，坎坷迂曲的人类

你是泗河，还是龙王河
你是黄河，还是密西西比河
你是世界上的这一条河流，也是那一条

你安放着身心俱疲的游子
安放着劳作的爱人，安放

兴隆矿，中心店，坍塌的城镇
坍塌和重建的兴隆……安放着
一个庞大的球体，那些熟悉和陌生的
无数的名字，地址，劳役和物役
被寒风吹彻的命途，土著人和异乡人的春天

这样的河流并不比世上的哪一条河流
更温暖，或者更寒冷
你的身边矗立着象征
拯救万物和被万物拯救的宝塔
万物在你的身体里兀自浮沉

7、
迎面走来的，是一个老人还是孩子
一个倒影就是河流在大地匍匐的一生
我看到他每天在大堤上甩鞭子

噼噼啪啪抽打着气流
抽打，“逝者如斯夫”的流水
抽打，每一个路过的人
发出噼啪作响的回声

仿佛在驱赶着新的一天
哗啦啦翻动你想要的和不想要的笺页

8、
两岸摇动不息的，千万庄稼和炊烟
喂养的流水，日夜奔跑

用流逝对抗疼痛
又用流逝抚慰疼痛

它一浪高过一浪
平复了我们毁坏的爱
只留下最沉重的浆泥和沙土
生长芦苇，麦子，城市和村庄

我临水而居，我是其中的一朵白浪
我在这里听流水的呜咽，听它的唱词
风吹浪花，流水的精气
是一首很长的诗歌，沿着一条河上溯而去
是胜日寻芳
是蒹葭苍苍，也是在水一方

梦中，夫子常常在坝上喊
“逝者如斯夫”——他喊了几千年了
我们依旧没有摆脱这个河床

9、
沿河两岸的人们正做着加法
稼禾里藏着丰腴的月亮
越来越高的楼房
伸手就可以生出遮天蔽日的欲望
一条高铁线把远方拉得长了又长

一条河在这里做着减法
她用宽阔的肠胃，大海的肺腑

收容人们的雨水，血汗，被排放的生活
它越来越瘦成了一条细线
在鲁西南平原的肚脐上

它听膨胀的胎音
也替我们说出
那些正在坚持和放弃已久的情话

10、
假如你没有经历过一条河流的忧伤
没有像一条河流那样扑倒在地
去爱，去浇灌，去托捧——
另一条孱弱的河流

假如你没有在泥沙俱下的生活里
呼吸泪水
放生一尾灰头土脸的鱼
就像给自己找到又延续了一条活路

假如你没有在九曲回肠的故道里
死过十八回，还抱着断肠
踉踉跄跄吞下喉间哽咽的波浪

没有关系，一条河流向你打开了所有汊口
所有的风声都在这里交汇
颤栗的波浪，是因为痛苦
更因为幸福，在时间里越洗越白

后记

这是我继入选《诗刊》社第29届青春诗会诗丛的《如果暖》后出版的第二本个人诗集。也是我近三年来诗歌写作的一个总结。

感谢生活，赐赠给我一个丰饶而又与众不同的世界！感谢诗歌，给了我作为人的尊严和慈悲！感谢一直鼓励和扶携我走到今天的人们，这是支撑我虔诚地走下去的力量！感谢为这本诗集的面世付出辛勤努力的编辑、老师和朋友们！

被诗歌选中的人是幸运的，更是幸福的。与诗相伴的每一天我都很幸福！尤其是在那段身处绝境的时日。2013年底，当我还沉浸在庸常的生活之中时，一场无常突袭了我的家人……在漫长的煎熬里，幸好，我还有诗歌，即使它拔不起深陷刀锋的手脚，却还在安慰着一个已经无法安慰的世界！

这样，向死而生，从死亡开始，让我思考了很多，并促使我不断写下对生活、生死、理想和现实、命运与希望等问题的思考和认知，以及人们在平衡这些活着的本体时的精神困境、生存境况、生命状态和理想超脱。

也许没有比洞彻了一个世界，通透了生死和活着的意义以及活下去的慈悲更令人欣慰的。无论是在我生活的泗河流域还是我的出生地沂蒙山区，无论是这里还是那里，无论是在世界的哪里。

这的确就像亚马逊森林里的蝴蝶振翅时引发的德克萨斯州的龙卷风，旋起我们的内心和一个世界的风暴，但“我们必须尽量广阔地承受我们的生存”（里尔克）。

当生活像一块多棱的钻石，它从多种不同的角度，折射出一个世界的多个面相，每个面相和另一个面相，在每块钻石上都交互隐现着千丝万缕的关系，转动任何一个面，都会激起人心无数涟漪，这让我敏感、疼痛、甜蜜或悲伤。我试图把这个多元而复杂的世界纳入诗歌的经纬线内，在诗歌里安放自己的心灵，安放那些来自生命的顿悟、灵魂的磨炼、生死的教益、温暖的回响，或者瑰丽的梦幻！用自己有限生活的经验和理想的构建来呈现一个世界的状态，用诗歌施予人性和生命的希冀、温暖和爱。我也希望我诗歌的触角是外在社会、历史和生活空间的延展，是灵魂的眼睛和内在生命、内心精神的凝视和深情触摸。

诗歌作为一个人的精神灯塔，它和人站在一起，彼此照耀着，这是人们绝望的内核与贝壳中的第二种东西，教人柔软而慈悲。是的，在天空的反光里，必定有一种更崇高的法则和人匹配！面对一个广阔的世界，因为懂得，所以慈悲吧！

无疑，诗歌写作构成了我这一生的精神修行，在这条通向无数歧义的道路上……

我想说的还有很多，但一说出来似乎就构成了破坏——对于我个人的本义，对于能够读到这本诗集的您——所有的空间、想象、诗性、情怀、意义或者无意义……都构成了一种破坏。好吧，我还是把这些都交给诗歌吧，我尊重任何一种解读。

2016 年 8 月 9 日于怡园

图书在版编目（CIP）数据

这是世界的哪里 / 田暖著．—北京：中国青年出版社，2016.10
ISBN 978-7-5153-4541-3

Ⅰ．①这… Ⅱ．①田… Ⅲ．①诗集—中国—当代
Ⅳ．① I227

中国版本图书馆 CIP 数据核字（2016）第 253860 号

书名题签：雷平阳
责任编辑：彭明榜
书籍设计：孙初＋林业

中国青年出版社 出版 发行
社址：北京东四 12 条 21 号
邮政编码：100708
网址：www.cyp.com.cn
编辑部电话：（010）57350506
门市部电话：（010）57350370
北京科信印刷有限公司印刷 新华书店经销

787mm×1092mm 1/32 5.5 印张 10 千字
2016 年 10 月北京第 1 版 2016 年 10 月北京第 1 次印刷
定价：38.00 元